Über

das

Studium

der

griechischen

Poesie

그리스 시문학 연구에 관하여

프리드리히 슐레겔 지음
박현용 옮김

Über
das
Studium

Über das Studium
der griechischen Poesie

der
griechischen
Poesie

문학동네

일러두기

1. 이 책은 *Friedrich Schlegel: Kritische Friedrich-Schlegel-Ausgabe*[Hg. von Ernst Behler. Unter Mitwirkung von Jean-Jacques Anstett und Hans Eichner. Band 1(1796~1801). Paderborn u.a. 1967, S. 217~367]을 옮긴 것이다.
2. 원서에서 이탤릭체나 대문자로 강조한 것은 고딕체로 표기했다.
3. 하단의 각주는 대부분 옮긴이주이며, 원주의 경우는 '원주', 재판의 원주인 경우 '재판 원주'라고 표기했다.
4. 인명, 지명 등 외래어는 국립국어원의 외래어표기법을 따랐다. 단, 외래어표기법이 제시되지 않은 일부 단어들은 국내 매체에서 일반적으로 통용되는 표기를 참조했다.
5. 장편소설과 희곡 등의 작품과 단행본, 소책자, 정기간행물은 『 』로, 논문과 단편소설, 시 등은 「 」로 표기했다.

차 례

서문
007

1. 근대 시예술의 혼란스러운 현상황
020

2. 아름다운 것과 흥미로운 것의 전개와 대립
057

3. 그리스 시예술에 나타난 미의 이상
084

4. 그리스 포에지에 대한 반론
121

5. 새로운 포에지의 재탄생에 대하여
142

해설
박현용--낭만주의 문학 이론의 기원
178

프리드리히 슐레겔 연보
197

서문

그리스 포에지[1]의 역사는 웅변술과 역사서歷史書의 역사까지 포괄한다. 그리스 전문가의 올바른 판단에 따르면, 사실에 기초한 투키디데스[2]의 역사는 한 편의 아름다운 시詩다. 그리고 데모

1 포에지(Poesie)라는 단어는 라틴어 'poesis'에서 파생된 것으로 원래는 무언가를 생산하는(prōdō, produce) 활동이나 창조하는 행위를 의미했다. 이 책은 기원전부터 헬레니즘 시대까지의 그리스 시문학을 연구의 대상으로 삼고 있지만, 사실 프리드리히 슐레겔이 살던 당대 현대 언어예술의 토대와 한계를 설정하는 데 관심이 집중되어 있다. 고대 그리스 시대에 시는 서사시와 서정시 그리고 극시(劇詩)를 모두 뜻했다. 실제로 그리스의 역사가이자 수사학자인 디오니시오스는 철학과 역사, 산문과 수사학 작품까지도 시의 범주에 포함했다. 슐레겔은 이 작품 이후 낭만주의 이론을 전개하면서 시(포에지)를 예술 영역의 자율성과 다양성, 그리고 역동성과 탈경계성을 나타내는 개념으로까지 확장시켰다. 따라서 이 텍스트에서는 그 복합적인 의미를 살리고자 원문 그대로 '포에지'로 옮겼다. 하지만 일반 독자들이 좀더 친근하게 접근할 수 있도록 제목에서는 '시문학'으로 옮겼으며, 본문에서도 문맥에 따라서 '시문학' 또는 '문학'으로 번역했음을 밝힌다.

2 Thukydides(기원전 460?~400?), 고대 그리스의 역사학자. 저서로 『펠로폰네소스 전쟁사』가 있다.

스테네스[3]의 연설은 소크라테스의 대화처럼 사고력이라는 특정 한 목적으로 인해 시적인 상상력을 제한하긴 하지만 자유로운 상상력을 모두 빼앗지는 않는다. 그것은 웅변술 속에도 아름다움은 당연히 존재하며, 아름다움을 주목적 또는 부차적인 목적으로 삼는 모든 연설은 전체적으로든 부분적으로든 포에지이기 때문이다. 게다가 그리스 포에지의 역사는 로마의 것도 포괄한다. 그리스 원작이 소실되었을 경우 그것을 모방한 로마 시대의 작품으로 메워야 할 때가 너무 자주 발생하기 때문이다. 그리스 비평사뿐만 아니라 그리스 음악과 무언극의 역사에서 발견되는, 소실되어 일부만 남은 작품들도 그리스 포에지사史에 꼭 필요한 부분이다. 이것은 그리스신화 전체나 그리스어로 된 모든 분야 및 변형된 양식을 반드시 알고 있어야 하는 것과 마찬가지다. 예술사의 모순이나 틈을 해소하고 보완하며, 여기저기 흩어져서 일부만 남은 글에 질서를 부여하고 겉보기에 수수께끼 같은 작품을 설명해줄 수 있는 근거는 틀림없이 도덕과 정치사의 가장 숨겨진 층위에서만 발견되는 일이다. 왜냐하면 예술은 그리스인의 도덕 및 그리스라는 국가와 매우 밀접하게 얽혀 있어서 그것에 대한 지식을 따로 분리할 수 없기 때문이다. 한마디로 그리스 문화Bildung[4]는 총체적으로 연결되어 있기 때문에 각각의 부분을

3 Demosthenes(기원전 384~322), 고대 그리스의 웅변가이자 정치가. 반(反)마케도니아운동의 선두에 서서 힘과 정열을 다한 의회 연설로 조국의 분기(奮起)를 촉구했다. 61편의 연설이 전해지는데, 그중 『필리포스 탄핵 제1편~제3편』을 비롯한 정치 연설이 유명하다.

4 엄밀히 말해서, 독일어 단어 'Bildung'을 우리말로 옮기는 것은 불가능하다. 이 말은 교양, 형성, 발전, 교육, 문화변용, 문화화, 내적 성장 등으로 다양하게 해석될 수

떼어낼 경우 결코 완벽하게 이해할 수 없다.

이렇게 거대한 전체에서 각각의 아주 작은 부분을 이해하는 것이 얼마나 어려운 일인지는 언급할 필요도 없을 것이다. 잘못된 연월일을 바로잡고 신화의 곁가지를 검증하여 정리하고, 단 한 명의 시인이라도 그가 남긴 작품 중에서 소실된 일부분이나마 수집하여 능숙하게 다듬는 것만으로도 얼마나 많은 시간과 노력이 필요한지 전문가라면 다 알 것이다.

전체를 아우르는 완전한 그리스 포에지의 역사가 단지 학자들에게만 도움이 되는 것은 아닐 것이다. 또 역사 연구자들에게만 인류사의 중요한 공백을 채워주는 것도 아닐 것이다. 유럽의 문화에서 독일이 차지하는 비중은 작지 않다. 그렇기 때문에 온전한 그리스 포에지사의 완성은 독일의 취미와 예술을 완성하기 위한 본질적인 조건이라고 생각한다.

이 연구의 첫 부분에서는 독자들이 제목에서 기대하거나 허용될 수 있는 것보다 더 많이 근대[5]적인 것에 대해 언급할 것이다. 그사이 근대 포에지는 어느 정도 정체성을 갖추게 되었다. 그런 토대가 있었기 때문에 고대 포에지와 근대 포에지의 관계를

있다. 'Bildung'은 계몽 사상의 영향을 받은 교육 개혁 및 교육 운동의 개념과 결부되어 있지만, 사실 이에 대한 관심은 독일의 강력한 경건주의 운동에서 나타났다. 경건주의에서는 경건한 내면세계와 인격 수양을 통한 지속적인 거듭남, 인간의 잠재력을 실현하려는 끈질긴 노력, 즉 'Bildung'을 강조했다. 지상에서 신의 형상을 실현하기 위한 종교적 갱생의 의미를 담고 있다. 이것이 역사철학의 대두와 함께 문화 발전의 내적 논리와 결합하면서 18세기 후반 독일 사회에서 중요한 개념으로 자리잡았다. 이 텍스트에서는 주로 '교양'으로 번역했으나 문맥에 따라 '문화' '발전' 등으로 옮겼다.

5 슐레겔의 입장에서는 '현대(modern)'지만 현시대의 맥락을 고려해 '근대'로 옮겼다.

설정하고, 특히 오늘날 고전 포에지를 연구하는 목적을 정할 수 있었다.

그리스 시문학 연구에 관하여라는 제목의 이 논문은 고대 포에지를 지금까지보다 더 진지하게 연구해보는 자리에 초대한 것에 불과하다. 이 연구는 고대 작가와 근대 작가 중에서 어느 한쪽의 우월함을 주장하는 지지자들 간의 지루한 논쟁을 조정하기 위한 시도이며, 아름다움이라는 영역의 분명한 경계 설정을 통해 자연적인 교양과 인위적인 교양을 다시 화합시키기 위한 시도이다(나는 누구보다 이런 시도가 부족했다는 사실을 더 생생하게 느꼈다). 그리스 포에지를 연구하는 것은 단순한 취미 활동이 아니라 아름다움에 대해 진정한 애정을 갖고 있는 애호가와 보편타당한 판단을 하고자 애쓰는 전문가, 미의 순수한 법칙과 예술의 영원한 본성을 완벽하게 규정하려는 사상가들 모두의 당연한 의무이며 영원한 의무라는 것을 입증하기 위한 시도다.

나는 그리스 포에지의 특징을 짧게 서술하고 있는 이 글을 (제2권에서 다룰) 그리스 포에지의 역사 개요와 비교해보는 것으로 이 논문을 검증하고 싶다.[6] 그리스 포에지의 역사 개요에서는 이 글에서 내린 판단에 대한 예문과 자세한 개념 정의 및 부연설명을 담게 될 것이다.

근대 포에지의 지지자들은 『그리스 시문학 연구에 관하여』 서

6 슐레겔은 이 글에서 그리스와 근대 포에지의 특징에 대해 논하고 있다. 그리고 이후 그리스 포에지의 역사를 다룬 책을 집필할 계획이었으나 끝내 뜻을 이루지 못했다. 여기에서 제2권은 그 책을 지칭한다.

문을 근대 포에지에 대한 나의 최종적인 판단으로 오해하지 않기를 바란다. 적어도 나의 취미가 편파적이라고 서둘러 판단하지 말기를 바란다. 나는 근대 포에지를 진지하게 대했다.[7] 청소년 시절부터 근대의 작가들을 좋아한 탓에 많은 작가를 연구했고 그중 몇 명은 잘 안다고 자부한다. 정통한 사상가라면 그사이 내가 왜 이런 관점을 취할 수밖에 없었는지 쉽게 짐작할 것이다. 미와 예술의 순수한 법칙이 있다면, 예외 없이 통용되어야 한다. 그러나 **그것을** 근대 포에지를 평가하는 척도로 삼고 **세세한 규정이나 지침도 없이** 적용하면, 근대 포에지는 전혀 가치가 없다고 판단할 수밖에 없다. 왜냐하면 근대 포에지는 미와 예술의 순수한 법칙과 완전히 모순되기 때문이다. 근대 포에지는 순수하고 절대적인 미적 가치의 첫번째 조건인 객관성을 결코 요구하지 않는다. 근대 포에지의 이상은 **흥미로운 것**, 즉 주관적이고 심미적인 힘[8]이다. 감정은 분명히 판단에 모순된다! 이러한 모순을 부인하지 않는 것만으로도 많은 것을 얻을 수 있다. 이것이 근대 포에지의 본질적인 특징을 발견하고 고전적 포에지의 필요성을 설명하는, 그래서 결국 부지불식간에 근대 포에지를 아주 훌륭하게 정당화하고 인정하게 만드는 지름길이다.

여기에서 엿보이는 불완전한 부분에 대해 변명을 하자면, 전체적으로든 부분적으로든 인류의 역사와 실천철학의 **내적인** 상

7 [재판 원주] 나는 고대 포에지를 찬양할 뿐만 아니라 새로운 포에지의 완성과 그것의 내적인 관념에도 관심이 있다.

8 [재판 원주] 주관적으로 마음을 끌어당기는 것이며 시적으로 작용하는 것.

호작용에 문제가 있다고 할 수 있다. 이 두 학문은 아직 갈고닦아야 할 영역이 상상할 수 없을 정도로 많이 남아 있다. 어느 쪽에서 출발하든 남아 있는 틈새는 반대쪽에서부터 메워야 한다. 또한 고대와 근대 포에지를 합하면 너무 큰 덩어리이기 때문에 각각의 영역을 동일한 수준으로 정통하는 것은 어려운 일이다. 필시 어느 쪽도 통달하지 못할 것이다. 거대한 전체를 조망할 능력이 없지 않으면서 전체 중 작은 부분만이라도 제대로 알고 있는 예술 전문가가 기본적인 특징과 최소한의 윤곽만이라도 제대로 포착한다면, 본인의 관점에서 더욱 꼼꼼하게 개념을 규정하고 상세하게 설명할 수 있을 것이다.

나는 성찰적 작가에 대한 실러의 논문[9]을 읽고 흥미로운 문학의 특징에 대한 통찰력을 얻었다. 뿐만 아니라 고전적 포에지의 범위에 대한 새로운 시각을 갖게 되었다. 이 연구서의 인쇄를 넘기기 전에 실러의 글을 읽었다면, 무엇보다 근대 포에지의 기원과 원초적인 예술성에 대한 나의 글이 비교할 수 없을 정도로 높은 완성도를 가지게 되었을 것이다. 고대 예술의 마지막 단계에 등장한 작가들을 지금까지처럼 객관적 포에지의 근본원칙에 따라서만 평가한다면, 이것은 편파적이고 불공정하다. 자연적인 미적 교양과 인위적인 미적 교양은 서로 맞물려 있다. 그리고 고대 포에지의 늦깎이는 동시에 근대 포에지의 선구자이기도 하다. 시칠

9 [원주] 실러는 잡지 『호렌*Horen*』의 1795년호 12장과 11장의 몇 부분, 그리고 1796년호 1장에서 성찰적 작가에 대해 다루고 있다. 지금 이 자리에서 포에지를 소박문학과 성찰문학으로 나눈 실러의 이론과 그러한 구분을 고대와 근대 포에지에 적용하는 것, 그리고 실러가 내린 흥미로운 예술 판단의 객관성을 평가할 수는 없다.

리아 학파의 전원시인들이 자연을 있는 그대로 충실하게 묘사했던 것처럼, 타락한 예술에서 잃어버린 자연으로의 귀향은 성찰문학의 파릇파릇한 새싹이라고 할 수 있다. 마찬가지로 그리스 전원시는 항상 자연뿐만 아니라 소박한 것, 다시 말하면 자연을 인위적인 것과 대조하면서 자주 묘사했다. 로마의 전원시인들이 날것 그대로의 자연을 충실하게 모방하는 것으로부터 멀어지고 천진난만한 황금시대의 묘사에 가까워질수록, 그들은 점점 고대에서 멀어지고 근대에 가까워진다. 호라티우스의 풍자시는 대부분 루킬리우스[10]의 것과 같다. 이를테면 도회적인 로마를 시적으로 바라보고 표현했다. 도리아인의 무언극과 소크라테스의 대화편이 그들의 세련된 도회성을 시적으로 바라보고 표현한 것과 마찬가지다. 하지만 원래 로마의 송시와 호라티우스의 서정시 몇 편은 (최악은 아니지만!) 현실과 이상의 대조를 재현한 성찰적인 풍자시다. 원초적인 특징이 변질된 로마 후기 풍자시의 성찰적인 뉘앙스는 실러가 타키투스와 루키아노스[11]에 대해 아주 정확하게 언급한 것처럼, 뚜렷하다. 그러나 로마 삼두정치 시대의 비가는 성찰적이지 않고 서정적이다. 이상과 현실의 관계는 성찰문학의 특징적인 징후라고 할 수 있다. 그런데 원래 로마적인 프로페르티우스[12]의 매혹적인 시에서조차 소재와 정신이 연관된 흔적

10 Gaius Lucilius(기원전 약 180~103/102), 고대 로마의 풍자시인.
11 Lukianos(120?~180?), 고대 로마의 그리스 풍자작가.
12 Sextus Propertius(기원전 50?~15?), 고대 로마의 서정시인.

은 찾을 수 없다. 그렇지만 특히 **티불루스**[13]의 시에서는 그리스 전원시에서처럼 퇴폐적인 도시 문화에 염증을 느낀 나머지 소박한 전원에 대한 동경이 묻어난다. **그리스의 연애 시인들**은 전체의 배열과 재현의 분위기, 비유의 작풍 및 복합문의 구조에서도 이미 철저히 근대적이라는 사실이 몹시 놀랍다. 그들의 원칙은 불분명한 소재와 단순한 삶의 동경이 아니라, **오피아누스**[14]의 시와 그보다 훨씬 앞선 **소타데스**[15]의 시에서처럼 삶의 특정한 방식과 개인적인 소재에 대한 주관적인 관심이다. 예를 들면 **아킬레스 타티우스**[16]를 매우 평범한 이탈리아 노벨레나 스페인 노벨레와 비교해보자. 민족적인 것과 우연적인 요소를 분리해내면, 그 둘이 아주 완벽하게 유사하다는 사실에 깜짝 놀라고 만다.

실러는 세 개의 성찰적인 문학 양식의 특징을 탁월하게 분석했다. 그에 따르면, 이상의 **실현**에 대한 **관심**의 표시가 그 세 문학 양식 모두에 암묵적으로 전제되어 있거나 명백하게 나타나고 있다는 사실이 놀랍다. 이것은 나의 주장을 뒷받침하는 것이기도 하다. 그러나 객관적인 문학은 현실에 대한 흥미가 없으며 요구도 하지 않는다. 객관적인 문학은 가장 성스러운 진지함에 어울리는 **유희**만 추구한다. 가장 절대적인 진리만큼 보편타당하고 입법立法적인 **가상**을 추구한다. 바로 그런 이유 때문에 흥미를

13 Albius Tibullus(기원전 48?~19), 고대 로마의 서정시인.
14 Oppianus, 2세기경 로마의 시인.
15 Sotades, 고대 그리스의 시인.
16 Achilles Tatius, 고대 그리스의 작가.

지향하는 문학이 필요로 하는 현실에 대한 속임수Täuschung와 아름다운 문학의 법칙인 기술적인 진리는 서로 완전히 다르다. 만약 성찰적인 전원시에 매료되길 바란다면, 당신은 황금시대를, 즉 지상에서의 천국을 일시적으로나마 진지하게 믿어야 한다. 성찰적인 풍자작가가 음울한 몽상에 잠기거나 다른 사람에 대한 비방을 일삼는다는 것을 당신이 알아채자마자, 그는 매우 큰 문학적인 활력을 가질 수 있다. 그래서 당신을 즐겁게 해줄 수는 있지만 마음을 완전히 사로잡고 도취시키는 것은 더는 불가능하다.

흥미를 추구하는 포에지가 지닌 이러한 특징적인 징후를 간과하지 않는 것은 매우 중요하다. 그렇지 않으면 성찰적인 것을 서정적인 것과 혼동할 위험에 빠지기 때문이다. 무한성의 추구를 시학적으로 표현한 것이 모두 성찰적인 것은 아니다. 이상과 현실의 관계에 대한 성찰과 관련된 것만이 성찰적이다. 온갖 변덕스러운 감정 속에서 무한성에 대한 순수한 추구와 개별 대상에 묶이지 않는 불확정적인 추구가 마음을 지배하는 감정이 아니라면, 서정적 아름다움은 완성될 수 없다. 이러한 예는 사포나 알카에우스, 바킬리데스, 시모니데스의 미완성 작품과 그리스를 모범으로 삼은, 성찰적이 아니라 서정적인 호라티우스의 송가 대부분에서 나타난다. 이 시기에 그리스 공화정과 그리스 서정시의 기원이 되는 시대를 매우 특징적으로 분류했다. 이처럼 내외부적인 구분을 위해 모든 노력을 기울인 것은 무한성에 눈을 떴다는 사실을 처음으로 표출한 것이다. 오직 그 같은 무한성의 각성을 통해서만 서정적인 성향이 서정적인 예술이 되었다. 설령 소실되어 일부만 남은 그들의 작품 속에서 그 숭고한 분위기와 고결한 아름다움이 발견되지 않는다 하더라도, 칼리누스, 티르타이오스, 아르킬로코스, 미너무스와 솔론의 경우에서도 서정적인 예술을 부인할 수 없다. 절대적인 것을 문학적으로 재현하는 것이 모두 성찰적인 것은 아니다. 고전적인 문학 전 영역에서 유일하게 소포클레스가 작품에서 했던 재현이 절대적이다. 그러나 예를 들면 아이스킬로스와 아리스토파네스의 작품에서도 절대적인 것은 재현되었다. 소포클레스가 그의 이상을 실현하지 못할지언정, 그는 무한한 통일을 생생하게 보여준다. 아이스킬로스와 아리스토파네스는 무한한 충만을 생생하게 현현하는 것을 보증한다. 성찰문학의 특징적인 징후는 이상의 실현에 대한 흥미, 이상과 현실의 관계에 대한 성찰, 시적인 주체를 이상화하는 상상력에 대한 개성적인 대상과의 관련이다. 특징적인 것, 즉 개성적인 것의 재현을 통해서만 성찰적인 분위기가 문학이 된다. 흥미로운 문학의 영역은 어디까지나 성찰적인 것의 세 방식을 통해서 고갈되지 않는다. 성찰적인 것과 특징적인 것의 관계에 따라서 흥미로운 문학에서도 양식의 유례類例가 발생한다.

그러나 대다수 철학자의 견해에 따르면, 아름다운 것의 특징적인 징후란 바로 어떤 이해관계에서도 벗어나 관심이 없는 상태에 이를 정도로 아름다움에 만족하는 것이다. 설령 아름다움이라는 개념에 문제를 제기하고 타당성과 적용 가능성을 의문시하는 사람일지라도, 그 개념이 실천적이고 전형적으로 다양하다는 사실만은 부인할 수 없다. 아름다운 것은 근대 문학의 이상이 아니며 흥미로운 것과 본질적으로 다르다.

미적인 학문의 전 영역에서 **흥미로운 것을 연역하는 것**은 가장 어렵고 복잡한 과제일 것이다. 흥미로운 것을 정당화하려면 그것이 어떤 동기에 의해 태동했는지에 대한 설명이 선행되어야만 한다. 고대의 완벽한 자연적인 교양이 결정적으로 쇠퇴하여 구제할 길 없이 타락한 이후, 역사적으로 주어진 유한한 현실을 상실했고 형식은 완전히 파괴되었다. 이로 인해 무한한 현실을 추구하는 경향이 동력을 얻었고 곧이어 시대의 일반적인 분위기가 되었다. 이와 동일한 원칙이 로마인들의 어마어마한 무절제를 불러일으켰다. 그리고 그 원칙이 감각의 세계에서는 불가능하다는 사실을 목격한 이후, 신플라톤주의 철학이라는 기이한 현상이 발생했다. 또 인간의 정신이 부유하는 것처럼 보이는 주목할 만한 시기에 보편적이고 형이상학적인 종교를 추구하는 경향이 보편적으로 나타났다. 이때가 바로 로마 도덕의 역사에서 결정적인 순간이다. 이 시절은 아름다운 가상과 도덕적인 유희에 대한 감각이 완전히 사라지고 인류가 적나라한 현실을 드러내며 추락했기 때문에 날카로운 역사연구가의 주목을 받을 수밖에 없었다. 가장 행복한 자연적인 교양도 지속성이나 완성 가능성에 있어서 필연적으로 한계가 있다. 따라서 **미적인 명령**은 완전히 충족될 수 없다는 사실이 입증된다. 그리고 자연적 교양이 완전하게 해체된 이후 중지되었을 때, 흥미로운 것과 함께 시작되는 인위적인 미적 교양은 많은 단계를 거친 뒤에야 객관적인 이론의 법칙과 고전적 문학의 예에 따라 객관적이고 아름다운 것에 이를 수 있다는 사실이 입증된다. 그와 동시에 흥미로운 것이 미적인 소질의 **무한한 완성 가능성**을 위한 필연적인 준비 단계로서 미적으로 **정당화된다**는 사실도 입증된다. 왜냐하면 미적인 명령은 **절대적이기** 때문이다. 그리고 그것은 완벽하게 채워질 수 없기에 최소한 인위적 교양의 끝없는 접근을 통해서 점점 더 다가가야 하기 때문이다. 이처럼 시학 이론을 적용하여 연역한 바에 따르면, **흥미로운 것은** 일시적으로 미적인 가치를 갖는다. 흥미로운 것이 필연적으로 지적이거나 도덕적인 내용을 갖긴 하지만, 그러한 가치까지 지니는지는 의문이 생긴다. 참됨과 선함은 행해지고 인식되어야 하지만 재현되거나 느껴지지는 않는다. 나는 셰익스피어에서 비롯되었다고 하는 인간에 대한 인식과 엘로이즈가 창조했다는 덕德을 높이 평가하지 않는다. 비록 그들 문학을 적극적으로 추천하는 사람들은 특히나 셰익스피어의 인간에 대한 이해와 엘로이즈의 덕을 정말 많이 칭찬하긴 하지만 말이다. 그러나 문학 속의 흥미로운 것은 독재정부처럼 **일시적인 타당성**만 갖는다.

새로운 예술 용어를 만드는 것은 위험한 일이다. 그렇지만 거의 모든 특징적인 양식에서 대립 관계에 있는 소포클레스와 셰익스피어의 비극을 의미 있는 수식어로 구별하는 것은 내게 꼭 필요한 일이었으며, 지금도 여전히 그렇게 생각한다. 그래도 철학적인 비극이라는 명칭 자체가 이제는 가장 적절한 것처럼 보이지 않는다. 그 개념이 (장르론에 따라) 순수문학에서 **선험적으로**

도출되고, 작품 모델이 그리스 양식을 보여주는 비극이라면 **객관적인** 비극이라고 부르는 편이 더 나을 것이다. 이에 반해 감상적이며 특징적인 요소를 가지고 있고 흥미로운 것으로 구성된, 그 자체로 완결된 셰익스피어의 문학양식은 **흥미로운** 비극이라고 부르는 편이 더 낫다. 더 나아가 고집스러운 언어관습을 과도하게 보호하는 차원에서 코르네유, 라신, 볼테르의 문학 양식도 비극이라고 부르고자 한다면, **프랑스 비극**이라는 수식어로 구별할 수 있다. 이것은 민족적인 자만심에 지나지 않는다는 사실을 상기시킨다.

나는 그리스 포에지사에 대한 개괄에 뒤이어, 가능한 한 빨리 **아테네 비극의 역사**를 정리할 생각이다. 아테네 비극사는 고전문학이 도달했던 **최고의 정점**을 정확하게 규정하는 것일 뿐만 아니라 고전문학사의 **형성 단계**를 가장 명확하게 해명하는 작업이 될 것이다. 왜냐하면 플라톤의 소크라테스 해석에 따르면, 도덕적인 완전성이라는 것이 본래 개개인보다 국가라는 큰 집단 속에서 뚜렷해지는 것만큼, 이런 표현이 허락된다면, 그리스 예술사의 발전 법칙은 아테네 비극 속에 더 큰 글자로 아로새겨졌기 때문이다.

그리스 포에지와 근대 및 그리스 교양의 관계, 근대와 그리스 교양의 형성 단계와 양식, 그리고 경계점과 발전 법칙이 분명해지면, 전체의 윤곽과 구상은 완벽하게 완성될 것이다.

이 연구는 앞으로 고대민족들의 **정치적인 교양**에 대해서도 다룰 예정이다.

1.
근대 시예술Dichtkunst의 혼란스러운 현상황[1]

근대 포에지는 아직 추구하는 목표에 도달하지 못한 것이 분명하다. 아니면 한마디로 추구하는 뚜렷한 목표가 없고 교양의 확실한 방향이 없으며, 근대 시문학사 전체의 합법칙적인 연관성과 통일성이 부재하는 것이 눈에 띈다. 사실 훌륭한 작품이 부족한 것은 아니다. 근대 시문학을 연구하다보면 그 무궁무진한 내용에 넋을 놓고 감탄하며 어마어마하게 높은 수준에 두 눈을 동그랗게 뜨고 주저앉게 된다. 작품들이 압도적인 힘으로 온 마음을 사로잡고 제압한다. 그렇지만 매우 풍부한 표현으로 가장 강

1 1822년에 출간된 재판의 본문 첫 부분에는 다음과 같은 각주가 달려 있다. "1장. 근대 시문학의 혼란스러운 현상황에 대하여. 그리고 근대 시문학의 과제. 근대 문학의 근원과 발전사 및 특징적인 속성에서 인위성의 원리에 대하여. 그리고 무엇보다 근대의 비극예술을 주도하는 철학적인 방향에 대하여." 이에 근거하여 독자의 이해를 위해 임의로 소제목을 붙였다.

한 감동을 선사해도 **충만한 만족감을 느끼는 경우**는 드물다. 근대 문학은 수준 높은 힘과 기술로 경외감을 불러일으킨다. 하지만 가장 탁월한 근대의 시작품조차 마음을 하나로 화합시켰다가 다시 갈가리 찢어놓기 일쑤다. 그런 작품들은 가시로 영혼에 생채기를 냄으로써, 원래 제공했던 것보다 더 많은 것을 빼앗아간다. **만족**은 설레던 모든 기대가 충족되고 아주 작은 불안마저 해소되는 완벽한 기쁨 속에서만 생긴다. 그 지점에서는 모든 갈망이 중단된다. 우리 시대의 문학에서는 그런 만족이 부재하다! 개별적인 탁월한 아름다움의 충만이 아니라, **하모니**와 **완성** 그리고 그것을 통해서만 얻을 수 있는 만족과 평안이 우리 시대의 문학에는 없다. **전체적**이고 **지속적**인 **완전한 아름다움**의 부재. 이를테면 가장 불같이 뜨거운 포옹의 순간에 구름이 되지 않을 주노[2]가 부재하다. 야만적이라기보다는 부조리한 사람들, 미개하다기보다는 잘못된 교육을 받은 사람들의 큰 무리가 감정의 끝없는 공허를 뭔가로 채우기 위해, 그리고 견디기 힘든 지루한 존재의 시간을 순간적으로나마 도피하기 위해 상상력을 오직 기이하고 새로운 것으로 항상 채우려 한다. 그런 이유 때문에 예술은 사라지지 않는다. 식어버린 열망을 자극하기 위해서, 무뎌진 감

2 제우스의 아내 헤라를 뜻한다. 익시온은 데이오네우스의 딸 디아를 아내로 맞았으나 지참금이 아까워 데이오네우스를 죽였다. 제우스는 익시온을 불쌍히 여겨 천상으로 데리고 가서 친족살인죄를 씻어주었는데, 익시온은 배은망덕하게도 제우스의 아내 헤라를 범한다. 그가 제우스가 구름으로 만든 헤라의 환영과 관계를 맺어 반인반수의 괴물 켄타우로스가 태어났다고 한다. 이러한 배은 행위에 노한 제우스는 익시온을 불수레에 묶어 지옥의 밑바닥 타르타로스에 두어서 영원히 돌고 있다고 한다. 후세에 와서 익시온의 이름은 영겁의 죄로 신음하는 자의 상징이 되었다.

각을 불러일으키기 위해서, 거친 욕망을 달래기 위해서, 모험적이거나 유치한 이미지를 가지고 유희하는 것을 포에지라고 부를 때, 예술이라는 이름은 세속화된다. 그러나 진정한 교양Bildung이 대중 전체에 스며들지 못한 곳곳에서 비천한 관능과 역겨운 격정만 아는 천박한 예술을 발견하게 될 것이다. 소재가 끊임없이 바뀌어도 정신은 늘 동일하다. 즉 천박한 예술은 혼란스러우면서 빈약한 정신을 가지고 있다. 이에 반해 더 나은 예술도 존재한다. 그것은 마치 저멀리 뿌연 운무 속의 바윗덩어리처럼 천박한 예술작품 한가운데 우뚝 솟아 있다. 최근의 예술사를 살펴보면 때때로 몰락한 시대의 한복판에서, 더 높은 세상에서 온 이방인처럼 보이는 시인들을 만난다. 그들은 온 마음을 다해서 영원한 것을 원한다. 비록 그들이 작품 속에서 아직 조화調和와 만족에 완전히 이르지 못할지언정, 너무 그것을 추구하여 가장 당연한 희망을 불러일으킨다. 그것은 바로 포에지의 목표가 힘과 예술 및 교양과 학문을 통해서 이루어질 수 있다고 가정한다면, 영원히 도달하지 못하지는 않을 것이라는 희망이다. 하지만 이런 더 나은 예술 자체에서 근대 포에지학의 결함이 가장 두드러지게 나타난다. 즉 감정이 어떤 시의 훌륭한 가치를 인정하고 판단력이 그런 감정의 표현을 검증하고 입증하면, 오성은 적지 않게 당황한다. 대개의 경우 예술이 제일 자부심을 가질 만한 것은 절대로 예술의 소유가 아닌 것처럼 보인다. 근대 포에지의 훌륭한 업적은 제도와 사회 및 학교에서 얻은 지식을 통해 오인되고 억압당하고 기피되어왔던 훌륭하고 중요한 많은 것에 때로는 은신처가 되고, 때로는 고향과 같은 도움을 주었다는 점이다. 근대 포에지는 세속화된 세기에 유일하게 존재하는 순수한 공간처럼 보인다. 말하자면 소수의 고결한 사람들이 좀더 높은 존재의 결실을, 특히 그들이 행하고 생각했던 것, 즐기고 추구했던 모든 것 중에서도 최고의 것을 인류의 재단에 꽃을 바치듯 내려놓았다. 그러나 이런 시인들이 추구한 목표는 대개 아름다움이라기보다는 진실과 도덕이 아닐까? 의도를 분명하게 드러냈든, 아니면 어떤 분명한 의식 없이 충동을 따랐든 상관없이 예술가의 의도를 정확하게 분석해보라. 전문가의 판단과 일반 대중들의 결정을 분석해보라! 당신은 거의 모든 곳에서 예술의 최고 목표와 근본 법칙, 그리고 예술작품의 가치에 대한 궁극적인 척도와는 다른 원칙들이 암암리에 전제되거나, 아니면 명확하게 정해져 있다는 사실을 발견할 것이다. 다시 말하면 거기에는 **아름다움**의 원칙만 제외되어 있다. 가장 탁월한 근대 포에지의 많은 작품이 아주 공공연하게 **추한 것**을 묘사하고 있을 정도로 이제 아름다움이 지배적인 원칙은 아니다. 그리고 완전한 합일 상태에서 힘과 충만함을 묘사하는 것과 마찬가지로 최상의 충만감 속에서도 혼돈을 묘사하고, 또한 수준이 더 높지는 않더라도 동일한 수준의 창조력과 예술적인 지혜를 필요로 하는 온갖 에너지들이 넘쳐나는 속에서도 절망을 묘사한다는 사실을 결국 마지못해서라도 인정할 수밖에 없다. 극찬을 받는 근대 작품들은 양식보다는 정도의 면에서 이런 유형의 예술과는 구별되는 것처럼 보인다. 만일 완전한 아름다움에 대한 예감을 어렴풋하게나마 발견한다면, 그것은 고요한 즐거움 속에서가 아니라 **채워지지 않는 동경** 속에서다. 그야말로 아름다운 것으로부터 멀어지면 멀어질수록, 더 격렬하게 아름다운 것을 추구하게 된다. 과학과 예술, 진실과 아름다움의 **경계**가 너무 뒤엉켜서 심지어 그 영원한 경계의 불변 가능성에 대한 확신마저 대부분 흔들리게 되었다. 철학이 포에지화되고 포에지는 철학화된다. 역사를 문학Dichtung으로, 문학을 역사로 취급한다. 심지어 문학 장르조차 서로 규칙을 교환하기도 한다. 서정적인 분위기가 희곡의 대상이 되고, 희곡의 소재가 무리하게 서정적인 형식 속으로 밀고 들어온다. 이러한 **무질서 상태**가 외적인 경계선에 한정되는 것이 아니라, 취미Geschmack와 예술의 전 영역에 걸쳐 있다. 창의적인 에너지는 쉼없이 변덕을 부린다. 개인뿐만 아니라 일반 대중의 감수성도 늘 채워지지 않으며 만족을 얻지 못한다. 이론적인 측면에서도 끝없는 변화 속에서 어떤 **고정된 지점**이 존재하는지에 대해서 완전히 회의적인 것처럼 보인다. 공적인 취미(대체 공적인 도덕이 없는 곳에서 어떻게 공적인 취미가 가능하단 말인가?), 공적인 예술 감각의 희화화라고 할 수 있는 유행은 매 순간 다른 우상을 섬긴다. 반짝거리는 새롭고 훌륭한 환영幻影이 '이제 최고의 아름다움이라는 목표에 도달했다, 취미의 기본원칙을, 예술적으로 가치 있는 모든 것의 궁극의 척도를 발견했다'라는 확고한 믿음을 불러일으킨다. 그러나 그다음 순간 그런 황홀경은 중단된다. 뒤이어 꿈에서 깨어난 사람들은 덧없는 우상의 형상을 파괴하고, 새로 형성된 도취 속에서 또다른 우상을 섬기지만, 그 우상의 신성神性은 숭배자의 변덕보다 더 오래 지속되지 않는다! 이런 예술가는 오직 관능적인 소재의 화려한 매력과 과도한 장식, 그리고 넋을 잃게 만드는 언어의 감미로운 멜로디만 추구한다. 설령 그의 모험적인 글쓰기가 진실과 예의를 모욕하고 영혼을 공허하게 만들더라도 말이다. 또다른 예술가는 작품을 구성하고 창작할 때 섬세하고 확실하게 다듬으면서 성급한 완성이라는 망상에 사로잡힌다. 어떤 예술가는 작품의 매력이나 다듬기와는 상관없이, 얼마나 감동적으로 충실하게 재현했는가, 가장 깊이 감춰진 특성을 얼마나 통찰력 있게 이해했는가를 예술의 최고 목표로 생각한다. 이탈리아, 프랑스, 영국이 취미에 있어 제각각 일면적인 특징을 보여준다면, 독일에서는 모두 한 번에, 더욱 첨예하게 다시 발견된다. 독일의 몇몇 사상가는 미에 대한 형이상적인 연구를 했지만 취미와 교양에 최소한의 영향도 미치지 못했다. 포에지학에 대한 실용적인 이론은 지금까지 몇 개의 예외를 제외하면, 그릇된 방식으로 행사된 **감각**에 근거한 것뿐이었다. 그것은 그릇된 취미에서 끌어올린 개념이고 불행한 역사의 정신이었다. 그런 까닭에 문학 이론은 당연히 가장 중요한 세 방향을 따랐는데, 그것은 바로 예술의 목적을 때로는 **매력**에서, 때로는 **정확성**에서, 때로는 **진리**에서 찾은 이유이기도 하다. 포에지 이론은 한때 권위라는 낙인을 통해 인가된 작품을 영원한 **모방의 모델**로 추천했다. 또 어느 때에는 **절대적인 독창성**을 모든 예술작품의 최고의 척도로 소개하면서 아주 조금이라도 모방의 의심이 들면 끊임없이 모욕했다. 포에지 이론은 스콜라주의라는 갑옷을 두르고, 몹시 자의적이고 명백하게 어리석은 법칙일지라도 무조건적인 복종을 엄격하게 요구했다. 그렇지 않으면 신령스러운 신탁을 통해서 천재성을 신격화하고 예술적인 무질서 상태를 첫번째 원칙으로 만들었으며, 종종 애매모호한 계시를 우쭐거리며 미신을 섬기듯 숭배했다. 근본 법칙에 따라 생동감 있는 작품을 창조하고, 개념에 따라 아름다운 유희를 완성하고 싶다는 희망은 실현되지 않을 때가 너무 많아서, 그런 믿음 대신에 결국 극도의 무관심이 자리를 잡는다. 일반 대중뿐만 아니라 천재적인 예술가들의 신뢰를 얻지 못한 이론은 그러한 결과를 자기 탓으로 돌려야 한다! 포에지의 본질에 대한 적절한 해명도 못하고, 장르도 제대로 구분하지 못하면서 어떻게 법칙에 복종하고 주장을 존중해주기를 기대할까! 심지어 예술의 사명에 대해서도 지금까지 서로 합의도 못하면서! 각기 다른 미적인 체계를 추종하는 사람들 사이에서도 어느 정도 합의된 주장은, 보편타당한 예술 법칙은 없다는 것이다. 그리고 취미의 지속적인 목표 역시 없으며, 만약 그런 것이 있다 하더라도 유용하지 않다는 것이다. 말하자면 취미의 올바름과 예술의 아름다움은 오직 우연에 달려 있다고 생각한다. 정말 **우연**이 여기에서 작동하고 있는 것처럼 보인다. 그리고 이 기이한 혼돈의 왕국에서 절대적인 군주가 되어 지배하는 것처럼 보인다. 예술가의 창작 활동뿐만 아니라 미학 이론에서 그렇게 뚜렷하게 나타나는 무질서 상태는 근대 포에지의 **역사**에까지 퍼져 있다. 얼핏 보기에도 전체적으로 어떤 공통점을 찾을 수가 없다. 하물며 전개 과정에서의 규칙성, 교양의 특정 단계, 각 부분 사이의 뚜렷한 경계 및 근대 포에지 전체에서 만족할 만한 통일성은 말할 것도 없다. 연대기별로 시인들을 살펴봐도 지속적인 특징을 찾을 수가 없다. 그리고 동시대 작품이 가지고 있는 그 어떤 정신에서도 동일한 배경을 찾을 수 없다. 위대한 대가의 정신, 행복한 시대의 정신이 널리널리 자비로운 영향력을 발휘하기를 바라면서도, 그로 인해 공동의 동일한 정신이 개인의 개성을 말살하고 개인의 권리를 모욕하거나 창의력을 해치지 않았으면 하는 것이 근대인의 경건한 소망이다. 아무리 훌륭한 독창적 예술가도 유행의 물결에 휩쓸리는 한, 가장 가련한 모사꾼들의 끊임없는 모방의 대상이 되기 마련이다. 그리고 결국 끝없는 복제와 왜곡으로 인해 원형 자체가 너무 진부하고 지긋지긋해진 나머지, 신격화의 자리에 혐오스러운 감정과 영원한 망각이 들어서게 된다. **특징 없음**이 근대 포에지의 유일한 특징인 것처럼 보인다. 혼돈이 근대 포에지 전체의 공통 주제인 것처럼 보인다. **법칙 없음**이 근대 포에지 역사의 정신이고 회의주의가 근대 문학 이론의 결과인 것처럼 보인다. 특징이라는 것조차 확실하고 고정된 경계선이 없는 것 같다. 프랑스와 영국과 이탈리아와 스페인의 포에지는 마치 가장무도회에서처럼 민족적인 특징을 빈번하게 서로 교환하는 것 같다. 하지만 독일 포에지는 이 세상의 모든 지역과 모든 시대를 망라하는 민족적인 특징과 지리학적인 표본을 거의 완벽하게 모아놓은 집합체라고 할 수 있다. 그 안에 독일인만 없다고 말한다. 예민한 대중들조차 근본적으로 형식에는 완전히 무관심하고 **내용**에 대해서만 채워지지 않는 갈증을 느끼며 예술가들에게 흥미로운 개성만 요구할 뿐이다. 대중들은 그것에 영향을 미칠 수만 있다면, 강하고 새로운 영향력을 발휘할 수만 있다면 어떤 양식과 소재를 가지고 어떻게 만들었는지는 전혀 관심이 없다. 예술은 대중들의 이러한 갈망을 충족시킬 수만 있다면 무엇이든 한다. 미적인 감각을 판매하는 잡화점처럼 민속문학과 궁중문학을 나란히 진열한다. 형이상학자의 품목도 있다. 또한 북유럽과 기독교인을 위한 북유럽 서사시나 기독교 서사시도 있고, 신령스러운 공포감을 좋아하는 사람들을 위한 정령들의 이야기, 식인 풍습 애호가들을 위한 이로쿼이족이나 카니발적 송가도 있다. 고대의 영혼을 위한 그리스의 복장도, 영웅적인 언어를 위한 기사의 시도, 심지어는 독일 정신의 딜레탕트를 위한 민족적인 시도 찾을 수 있다! 그렇지만 가장 흥미로운 개성을 전 영역에 걸쳐서 다양하게 짜맞춰 모으는 것은 아무짝에도 쓸모없는 짓이다! 다나이데스의 항아리는 영원히 채워지지 않는다. 즐기면 즐길수록 욕망은 더 격렬해질 뿐이다. 허락하면 할수록 요구는 더 높아진다. 그래서 최종적인 만족에 대한 희망은 점점 더 요원해진다. 새것은 낡고 독특한 것은 진부해지며 매력적이던 가시도 무뎌진다. 독자적인 힘은 약해지고 예술적 충동은 시들해지면서 둔감해진 감수성은 끔찍한 무력감에 빠진다. 이와 같이 극도로 쇠약해진 취미는 결국 혐오스러울 정도의 조잡함만을 찾다가 완전히 무감각해져서 최종적으로 쓸모없어진다. 설령 굴복하지 않더라도 얻는 것은 거의 없다. 훌륭한 감성을 가졌으나 공감하지 못하는 시인은 자기 자신을 이렇게 설명한다.

> 나는 비틀거리며 욕망에서 출발하여 향락에 이른다.
> 그리고 향락을 즐기면서도 지독한 욕망에 몹시 시달린다.

이처럼 강한 미적 성향을 가진 사람은 채워지지 않는 동경을 끊임없이 추구하고 애타게 갈망한다. 그리고 그 헛된 노력으로 인한 고통이 비참한 절망으로까지 이어지는 경우도 종종 있다.

이처럼 근대 포에지는 전체적으로는 어떤 목적이나 법칙도 없는 것처럼 보인다. 그와 동시에 부분적으로는 대단히 우수해 보인다. 따라서 근대 포에지라는 덩어리를 주의깊게 관찰해보면, 마치 각양각색의 힘들이 아웅다웅 싸우는 바다처럼 보인다. 그 속에는 해체된 미의 조각들이, 산산이 부서진 예술의 파편들이 혼탁하게 뒤섞인 채 가볍게 넘실댄다. 그것은 숭고하고 아름답고 매력적인 모든 것이 어우러진 **카오스**라고 부를 수 있다. 전설은 이 세상의 질서가 태곳적 카오스에서 비롯되었음을 알려준다. 이 시원적 혼돈과 마찬가지로 근대 포에지는 지금 혼돈 속에 있다. 이런 상황에서 근대 포에지는 각기 다른 부분은 분리하고 동일한 부분은 통합하기 위해서, 사랑과 증오의 힘을 기다려야 한다.

그런데 수수께끼 같은 혼돈을 풀기 위해서, 이런 미궁에서 출구를 발견하기 위해서 **실마리**를 찾아야 하는 건 아닐까? 근대 포에지에서 볼 수 있는 수많은 독특한 특징이 어디에서 기인했으며 상호 관계가 어떠한지, 근원이 무엇인지는 어떤 방식으로든 설명할 수 있어야 한다. 아마 지금까지 근대 포에지의 역사를 만들어온 정신이 무엇인지를 안다면, 현재 근대 포에지가 추구해야 할 **의미**와 앞으로 나아갈 방향 및 목표를 찾을 수 있을 것이다. **근대적 교양의 원칙**을 분명히 안다면, 근대 문학의 **완전한 과제**를 수행해나가는 것이 어렵지 않을 것이다. 종종 그렇듯이 새로운 탄생은 절박한 욕구에서 비롯한다. 새로운 평화는 절망에서 기인하며 무질서는 **복된 혁명**의 어머니다. 이와 마찬가지로 미적으로 무질서한 현재의 상황에서 **행복한 파국**을 기대해서는 안 되는 것일까? 어쩌면 지금이 **결정적인 순간**일지도 모른다. 이제 취미는 절대 후퇴하지 못하고 필연적으로 앞을 향해 나아갈 수밖에 없거나, 반대로 끊임없이 쇠퇴의 과정을 거치며 아름다움과 진정한 예술이 재탄생할 수 있다는 희망을 완전히 포기할 수밖에 없는 그런 순간이 도래했을지도 모른다. 일단 이와 같은 근대 문학의 특징을 정확하게 파악하고 근대적 교양의 원칙을 찾았다면, 그리고 근대 포에지가 지닌 개성의 근원적인 특징을 설명할 수 있다면, 다음과 같은 의문이 들 수밖에 없다.

근대 포에지의 과제는 무엇일까?
그것을 완수할 수 있을까?
그것을 위한 방법은 어떤 것일까?

가장 엄밀한 의미로, 그리고 문자 그대로 그 어떤 무성격charakerlosigkeit도 존재할 수 없다는 것은 분명하다. 어떤 것의 성격이 거의 지워져서 읽을 수 없는 지경이 되었거나, 몹시 복합적으로 연결되어 수수께끼처럼 되었을 때 그렇게 부르곤 한다. 그렇지만 이미 근대 포에지 전체에 퍼져 있는 무질서 상태는 **공통적인 것**이다. 즉 **공통의 내적인 근거**가 있는 **중요한 고유의 특성**이다. 우리는 근대 포에지를 하나의 총체적인 전체로서 고찰하는 데 있어서 명확한 원칙보다는 불확실한 감정을 따른다. 대체 무슨 권리로 그런 암묵적인 추측을 하는 것일까? 유럽은 민족마다 각기 다른 특징과 차이를 가지고 있다. 그럼에도 불구하고 역사적인 흔적뿐만 아니라 두드러지게 유사한 언어, 법, 관습과 제도의 정신을 살펴보면, 유럽의 정신문화가 공통의 기원을 가지고 있음이 은연중에 드러난다. 게다가 유럽 각 나라의 종교는 각기 다른 특징을 가지고 있지만 실상 하나의 종교에서 기인한다. 게다가 유럽이라는 민족 복합체의 교양은 놀랄 만큼 내적으로 뒤얽혀 있고 지속적으로 상호 영향을 주고받는 밀접한 관계에 놓여 있다. 수많은 차이에도 불구하고 총체성이라는 명확한 공동의 목표를 위해 노력하는 것 외에 그 어떤 것도 고려하지 않는다. 전체의 총체성이 진실이라면 개별적인 부분들도 진실이다. 한마디로 근대적 교양과 마찬가지로 근대 포에지도 서로 밀접하게 연관된 총체성을 추구한다. 하지만 많은 이들이 이런 소견을 명백하고 결정적이라고 받아들일지라도, 의심하는 사람이 없을 수는 없다. 그들은 이런 상호 관계를 부정하기도 하고 모든 나라를 아우르는 공통의 것을 우연한 상황 탓으로 설명하기도 한다. 이 자리에서 그것을 찾을 수는 없다. 그런 흔적을 찾으려는 노력만으로도, 그리고 이런 일반적인 추측이 검증을 통과할지 시험해보는 것만으로도 충분하다! 이미 근대 포에지의 **상호 영향 관계**가 내적인 상관 관계를 말해주고 있다. 학문의 재정립 이래 가장 위대하고 가장 문명화된 유럽의 다양한 민족문학 사이에서 끊임없는 **상호 모방**이 이루어졌다. 이탈리아의 양식도, 프랑스와 영국의 양식도 유럽 전체의 취미를 전제적으로 지배했던 황금시대를 누렸다. 지금까지 독일만 외부로부터 가장 다면적인 영향을 받았을 뿐, 반대로 영향을 미치지는 못했다. 이런 관계 속에서 원래 유난히 엄격했던 민족적인 성격이 갈수록 마모되어 결국 완전히 절멸되는 지경에 이르렀다. 그 대신에 보편적인 유럽의 정신과 특징이 자리를 잡았다. 그래서 원래 아주 제한적이고 민족적인 특징을 보이던 근대 모든 민족의 포에지사는 인위적인 교양으로의 점진적인 변화만 포괄하게 되었다. 그러나 이미 태곳적부터 너무 많은 **공통점**을 갖고 있어서 마치 하나의 줄기에서 뻗어나온 가지처럼 보인다. 언어와 시 형식의 유사성, 아주 특별한 문학 장르의 유사성! 기사 시대의 우화와 기독교의 전설은 낭만적인 포에지의 신화다. 그것들의 소재와 묘사의 정신이 매우 유사해서 민족적인 차이가 낭만적이라는 균일성 속에서 사라져버릴 정도다. 그 시대 자체의 특징이 점점 더 단순하고 균일해진다. 커다란 역사적 변혁을 통해 유럽의 시계가 완전히 바뀐 뒤에도, 그리고 제 3신분이 부상하면서 민족적인 특징들이 다양해지고 서로 간의 차이가 커진 뒤에도 유사성이 매우 많이 남았다. 이것은 포에지에도 영향을 미쳤다. 시민적인 삶을 소재로 한 문학 장르의 특징 및 모든 재현예술의 정신뿐만 아니라 **공통적으로 진기함**을 추구한다는 점에서도 유사성이 있었다.

그렇지만 이런 특징들은 유럽민족이 공통의 뿌리를 가지고 있으며 서로 접촉해왔다는 상황을 통해서 설명할 수 있다. 그렇지만 근대 포에지에는 주목할 만한 또다른 특징이 있다. 이것으로 인해 근대 포에지는 역사적으로 알려진 다른 포에지와 구별된다. 근대 포에지의 토대와 목표는 공통의 **내적 원칙**에서 도출할 수 있다. **고대 예술 모방**에 대한 모든 유럽 민족의 집념이 이런 원칙에 속한다. 그들은 아무리 실패를 해도 단념하지 않고 새로운 방법을 찾아 다시 모방했다. 또 이런 특징에 속하는 것으로 **이론과 실천의 관계**가 있다. 그들의 관계는 기이한데, 대중 및 예술가도 취미에 대한 자기 자신의 진술과 법칙을 학문을 통해 설명하고 **올바른 방향**을 설정할 수 있기를 원했기 때문이다. 취미의 목표와 방향 및 예술의 법칙을 학문적으로 규정하기를 원했다. 병이 들어 자기 자신과 불화하고 내면의 용기를 결여한 취미는 의사나 돌팔이의 처방에서 도피처를 찾는 것처럼 보인다. 그렇지만 돌팔이의 확신에 찬 무모한 처방은 무엇이든 쉽게 믿는 순진한 사람이나 속일 수 있을 뿐이다. 근대 포에지의 또다른 특징은 **예술을 고급과 저급으로 나눌 수 있는 결정적인 차이가** 존재한다는 점이다. 특히 지금 각기 다른 두 개의 문학이 아주 가까이에서 병존한다. 두 포에지는 각기 다른 독자를 가지고 있으며 각기 다른 길을 간다. 고급문학과 저급문학은 우연히 부딪쳤을 때만 서로 무시하고 경멸할 뿐, 상대를 전혀 의식하지 않는다. 종종 상대가 인기가 있거나 탁월할 경우 은밀한 질투가 없지는 않다. 불량식품에 만족하는 대중은 너무도 소박하다. 그래서 수준 높은 것을 요구하는 포에지를 학자들만을 위한 것, 또는 비범한 개인이나 보기 드문 축제의 순간에만 어울리는 것으로 규정한다. **특징적인 것, 개성적인 것, 흥미로운 것의 완전한 우세** 역시 최근 새로운 포에지의 특징이다. 마지막으로 **새로운 것, 짜릿한 것, 기발한 것을 향해 쉼없이 노력**하지만 그럼에도 그 갈망이 채워지지 않는다는 사실도 근대 포에지의 공통적인 특징이다.

근대 포에지의 민족적인 부분을 전체와의 관계에서 떼어내서 각각 독립적인 완전체로 관찰하면, 설명할 방법이 없다. 그것은 전체와의 관계 속에서 자신의 입장과 의미를 갖는다. 하지만 근대 포에지 전체를 세밀하게 관찰하면 할수록, 그것은 **전체의** 일부에 불과한 것처럼 보인다. 지금까지 언급된 다양한 공통의 특징들을 하나로 연결하는 **통일성**이 무엇인지는 근대 포에지사 전체를 살펴봐도 바로 눈에 들어오지 않는다. 우리는 그 통일성을 경계 너머에서 찾아야만 한다. 그것이 직접 우리에게 나아가야 할 방향을 눈짓한다. 내적인 상호 관계의 흔적처럼 보이는 공통의 특징 가운데 몇 개는 근대 포에지의 특징이라기보다는 오히려 근대 포에지가 지향하는 것이자 정신적인 상황이다. 그런 특징들의 유사성은 우리 시대를 거슬러올라갈수록 더 커진다. 반대로 몇몇 유사성은 우리 시대와 가까워질수록 더 커진다. 따라서 우리는 두 방향에서 근대 포에지의 통일성을 연구해야만 한다. 말하자면 과거로는 근대 포에지의 탄생과 첫 **기원**에 대해서, 그리고 미래로는 근대 포에지의 최종 **목표**에 대해서 연구해야 한다. 이런 방법을 통해서 근대 포에지의 역사를 완전히 설명하고 근대 포에지가 지닌 특징의 **토대**뿐만 아니라 **목적**까지도 만족스럽게 도출하는 데 성공할 것이다.

●

오직 자기 자신 안에서 자신만 행할 수 있는 완전히 고립된 힘이라는 관념만큼 인간의 특성이나 개념 그 자체와 모순되는 것은 없다. 적어도 우리가 알고 있는 인간이라는 존재는 세상 속에서만 살 수 있다는 사실을 아무도 부인하지 못할 것이다. 이미 일반적인 언어 관습에서 "문화, 발전, 교양Kultur, Entwicklung, Bildung"과 연결되는 불확실한 개념조차도 두 개의 다른 본성을 전제로 한다. 하나는 도야되는gebildet 본성이고, 다른 하나는 유발되고 조절되고 장려되거나 억제되는 본성이다. 인간은 자신을 발전시키지 않고서는 활동할 수 없다. 교양은 모든 인간적 삶의 본질적인 내용이다. 그리고 끊임없이 변화하는 것 속에서 필연적인 것을 찾아내려는 고귀한 역사의 진정한 대상이다. 인간은 태어나는 순간부터 운명과 격투를 벌인다. 인생 전체가 삶과 죽음을 두고 무시무시한 힘과 벌이는 끊임없는 **투쟁**이며, 인간은 그 힘에 사방으로 둘러싸여 결코 벗어날 수 없다. 그 힘은 인간을 한순간도 놓아주지 않는다. 인류사는 인간적인 교양의 필연적인 진보와 발생사를 특징으로 하는데, 이것은 군대의 연대기와 비교해볼 수 있다. 역사는 인류와 운명의 전쟁을 기록한 충실한 보고서다. 그러나 인간은 자기 밖의 세상이 필요하다. 이 세상이 때로는 행위의 동기가 되기도 하고 활동 영역이 되기도 하며, 때로는 행위의 기관이 되기도 하기 때문이다. 그뿐만 아니라 인간 본성의 중심에는 인간의 적, 즉 인간에게 대립적인 본질이 뿌리박고 있다. 누차 언급했듯이, 인류는 자웅동체의 변종이며 신성과 야수성野獸性의 애매모호한 혼합물이다. 인류는 무한히 대립적인 것의 조합에서 비롯된 해결할 수 없는 모순과 이해할 수 없는 수수께끼를 자기 안에 통합하고 있다. 이것이 영원히 변하지 않는 인류의 필연적인 특징이라는 사실을 모르는 사람은 없다. 인간은 순수한 자아와 이질적인 본질이 뒤섞인 존재다. 인간은 그런 운명을 청산할 수 없다. 그래서 '저것은 네 것이고, 이것은 내 것'이라고 단정적으로 말할 수 없다. 이런 운명을 극복했다는 감정만이 자립할 수 있는 행운을 얻지만, 이런 경우는 드물다. 인간이 가장 자랑스럽게 여기는 작품도 그 토대가 순수한 자연의 선물인 경우가 많다. 또한 인간의 최고 행위라는 것도 가까스로 절반 정도만 인간이 이룬 것이다. 자유가 없으면 인간의 행위도 있을 수 없다. 동시에 외부의 도움이 전혀 없다면, 인간적인 행위도 있을 수 없다. 그러나 자기 자신을 도야할 수 있는 힘은 그 능력을 제 것으로 만들 수 있어야 한다. 스스로 도야하고 형성하는 이 힘을 계기로 자기 자신을 규명할 수 있어야 한다. 그 힘은 **자유로워야만** 한다. **교양(형성)**Bildung 또는 자유의 계발은 모든 인간 행위와 고통의 산물이자, 자유와 자연이 상호작용한 궁극적인 결과물이다. 그 둘 사이에서 벌어지는 끊임없는 상호 규정과 영향 속에서 필연적으로 하나의 힘이 영향을 주면, 다른 하나가 반작용을 할 수밖에 없다. 자유든 자연이든 둘 중 하나는 인간적인 교양에 결정적인 첫 자극을 줘야만 한다. 그리고 그것을 통해서 길의 방향을, 진보의 법칙을, 전 궤도의 궁극적인 목표를 결정해야만 한다. 그것을 통해 전 인류 혹은 개별적이고 본질적인 부분의 발전이 가능하다고 할 수 있다. 첫번째 경우의 교양은 **자연적인 교양**으로, 후자의 경우는 **인위적인 교양**으로 부를 수 있다. 전자의 경우 행위의 첫 근본적인 원천은 막연한 동경이고, 후자는 뚜렷한 목표다. 거기에서 오성은 아무리 교육과 훈련을 한다고 해도 소질의 조수 노릇이자 통역사의 역할을 할 뿐이다. 하지만 전체적으로 복합적인 충동은 교양의 절대적인 입법자이자 책임자다. 여기에서 충동은 원동력이자 적극적인 힘이다. 이에 반해 오성은 인도하는, 입법적인 힘이다. 근본적으로 주도하고 조종하는 최상의 **원칙**으로서 맹목적인 힘을 이끌고 안내하며 방향을 결정한다. 또한 전체적인 구성을 명시하고 독단적으로 각각의 부분을 나누고 연결한다.

우리는 경험을 통해서 인간적 교양의 어느 부분과 지역, 어느 시대와 민족을 막론하고 실천이 이론에 선행하고 인간의 교양은 본성에서 출발한다는 것을 안다. 그리고 동기가 그것을 불러일으킨 원인에, 작용이 반작용에, 자연의 자극이 인간의 자기 결정에 선행해야만 한다는 사실은 경험 이전에 이미 이성을 통해 확실하게 결정된다. 예술은 오직 자연을, 인위적인 교양은 오직 자연적인 교양을 따를 수밖에 없다. 사실 그것도 자연적인 교양이 실패로 끝난 뒤이긴 하지만 말이다. 이는 인간이 자연의 쉬운 길에서 아무런 장애 없이 목표를 향해 계속 전진할 수 있다면 예술의 도움이 전혀 쓸모없어질 것이고, 그로 인해 사실상 새로운 길을 가도록 그를 움직이는 것이 무엇인지 깨닫지 못하기 때문이다. 그 원동력은 외부의 급격한 변화를 통해 새로운 방향이 주어지지 않는다면, 일단 정해진 방향을 향해 관성적으로 움직일 것이다. 자연은 그 권리를 상실할 때까지 교양을 이끄는 원리로 남을 것이다. 아마 자연이 자신이 가진 힘을 남용해서 불행을 초래할 때만, 인간은 자연의 자리를 대체하게 될 것이다. 그러나 자연적인 교양의 시도가 실패할 수 있다는 것은 불가능한 전제가 절대 아니다. 충동은 효과적인 동기가 되긴 하지만 맹목적인 지도자다. 게다가 법칙을 제정하는 과정에 이질적인 것이 작용하는데, 충동은 완전히 순수한 것이 아니라 인간성과 동물성이 합해진 것이기 때문이다. 이에 반해 인위적인 교양은 적어도 적절한 법규 제정, 지속적인 완전성, 그리고 궁극적인 완전한 만족으로 이끌 수 있다. 그것은 이러한 힘이 전체의 목표뿐만 아니라 궤도의 방향을 결정하고 개개 부분들을 안내하고 조직하기 때문이다.

유럽의 교양이 발흥하던 시대의 가장 초기부터 이미 근대 문학을 주도하는 **인위적 교양**의 원천이 명백하게 그 흔적을 남겼다. 물론 힘과 소재는 자연적으로 주어졌다. 하지만 미적인 교양을 주도하는 원리는 충동이 아니라 **지도와 통제하는 개념**에서 나온다. 이 개념이 갖고 있는 고유한 특징은 주변환경에 의해 유발되고 외적인 상황에 의해 필연적으로 정해진다. 그러나 인간이 자신을 규정하고 주어진 소재를 정리하고 힘의 방향을 정하는 것은 감정의 자유로운 행위였다. 이러한 행위가 바로 인위적인 교양의 최초의 근원이며 첫번째 동인이다. 이것은 전적으로 자유에서 기인한다. 낭만적 시문학의 **공상**은 오리엔트식의 과장처럼 일탈적인 자연의 기질에 근거하지 않는다. 오히려 미를 추구하고 그 자체로 행복한 환상은 기발한 개념들을 통해 부조리한 방향[3]을 취했다. 그로 인해 환상은 개념의 지배를 받게 되었다. 그것이 매우 빈약하고 불분명했을지라도, 미적 교양의 지도 원칙은 오성이었다. **단테**의 걸작은 엄혹한 시절 음울한 한밤중에 탄생한 숭고한 현상이다. 다시 말해 가장 오래된 근대 포에지의 인위적 성격을 보여주는 새로운 증거다. 이러한 특징은 가르칠 수도 배울 수도 없는 원초적인 힘에서 길어올린 것으로, 단테의 작품 곳곳에서 찾을 수 있다. 그러나 거대한 작품 전체의 변덕스러운 배치와 매우 이상한 구조는 음유시인이나 예술가로서 단테가 갖고 있는 신성함과 현명함에서 비롯한 것이 아니다. 오히려 야

3 [재판 원주] 매우 놀랍지만 고대의 원형과 비교하면 주관적으로만 아름다운 방향.

만인 출신인 그의 고딕 개념에서 기인한 것이다.

각운 자체가 우리의 미적인 교양이 지닌 원초적인 인위성의 특징처럼 보인다. 유사한 소리를 규칙적으로 반복하는 것에 즐거움을 느끼는 것은 인간 감각능력의 본성에 근거한다. 생명체의 모든 소리는 고유한 의미를 가진다. 더욱이 여러 소리가 동일한 속성을 가진다는 것은 의미가 없지 않다. 개별적인 소리가 일시적인 상황을 나타낸다면, 여러 소리의 반복적인 동시성은 지속적으로 존재하는 속성을 표시한다. 다양한 종의 동물들은 항상 동일한 소리를 반복함으로써 그들의 정체성을 세상에 알린다. 즉 동물들은 각자 각운을 맞춘다. 어떤 민족은 불리하거나 매우 일탈적인 성향을 갖고 있음에도 유사한 운율을 갖고 있다는 점에서 큰 즐거움을 느낄 수 있을 것이라고 생각한다. 하지만 개념이 문학적 교양의 방향을 결정하는 곳에서는 이질적인 고딕 장식이 필수적인 법칙으로, 그리고 감정적인 장난을 어린애처럼 즐기는 것이 예술의 최종 목적으로 격상되었다. 각운은 이처럼 원초적인 야만성을 가지고 있기 때문에, 각운을 현명하게 다루는 예술은 어렵다. 또한 그런 예술은 지극히 드물다. 감탄할 만한 기술을 가진 위대한 장인들도 각운의 껄끄러운 요소들을 없애는 데 거의 실패하고 만다. 아름다운 예술에서 각운은 늘 이질적인 방해요인이 된다. 아름다운 예술은 리듬과 멜로디를 요구한다. 그것은 이중으로 이어지는 음들이 규칙적인 동질성을 가질 때에만 감정과 열정이 교체되는 가운데에서 보편성을 표현할 수 있기 때문이다. 수많은 소리의 내적인 특징 속에서 규칙적인 유사성은 오로지 **개성적인 것**만을 표현한다. 규칙적인 유사성이 위대한 대가의 손에서 대단히 많은 의미를 얻고 **특징적인** 문학의 중요한 기관이 될 수 있다는 것은 논란의 여지가 없다. 또한 이러한 측면에서 볼 때, 그 결과는 (특징적인 것의 지배 그 자체 외에) 각운이 문학의 인위적인 교양 속에서 자기 본래의 자리를 차지한다는 사실을 증명한다.

이러한 인위성의 흔적이 근대 포에지의 말엽에 비해서 오히려 초기에 더 적다는 사실에 현혹되어서는 안 된다. 고대와 근대적 교양 사이의 시간을 채운 긴 야만의 시대가 끝난 다음에야 근대적 교양의 특징이 뚜렷해졌다. 물론 고대의 특징을 가진 작품의 파편들이 많이 남아 있긴 했으나, 북구의 승자들이 가진 민족적 개성이, 부러진 줄기에 새로운 가지처럼 접붙여졌다. 싹이 트고 성장하고 발전할 만큼 시간이 지난 뒤에야, 새로운 본성이 미숙하지만 예술을 마음대로 주도할 수 있었다. 인위적 예술의 싹은 이미 오래전부터 주어져 있었다. 인위적이고 보편적인 종교 속에, 그리고 자연적인 교양이 필연적으로 퇴조하면서 생긴 최종 결과인 이루 말할 수 없는 비참함 속에 인위적 예술의 싹이 트고 있었다. 문명의 이기와 발명품, 망각될 수 없는 인식 속에 싹트고 있었다. 이러한 자연적인 성격과 더불어 인위적인 성격의 흔적들이 가시화된다. 이 흔적들은 확실하긴 하지만 드물게 나타난다.

지도하고 통제하는 개념은 미학적인 실천에도 영향을 미치고 있다. 하지만 이런 개념은 기껏해야 앞으로 정립될 이론의 초기 흔적 정도로만 간주될 정도로 영향력은 거의 없다. 이 시대에 맞는 진정한 미학 이론은 아직 없다. 실천과 괴리되고 일관성이 없는 이론만 존재할 뿐이다. 그러나 이후 미학 이론은 수많은 결론으로 무장하고 날이 갈수록 지배욕을 드러낸 채 영향력을 확장하면서 스스로 근대 포에지의 입법 원리임을 선포할 것이다. 게다가 예술가와 전문가뿐만 아니라 대중에게도 인정을 받을 것이다. 본래 진정한 이론의 위대한 사명은, 망가진 취미에 잃어버린 합법성을 다시 부여하고 길 잃은 예술이 참된 방향을 되찾도록 만드는 것이다. 그러나 이론은 보편타당할 때만 모든 것에 적용될 수 있고, 아무런 권위도 없이 오만했던 모습에서 벗어나서 실제로 공적인 힘을 발휘하는 위치까지 오를 수 있다. 지금까지 미학 이론이 얼마나 제 역할을 하지 못했는지는 통일된 이론이 없다는 사실에서 분명해진다. 그렇게 되기까지 예술의 영역에서 오성과 감정이 지속적으로 경계를 넘어서야 한다. 일방적인 이론은 보편타당한 권리에 부여된 것보다 더 큰 권리를 부당하게 행사할 것이다. 이에 비해 퇴보한 취미는 학문에서 더 좋은 방향을 받아들이는 대신에 자신의 잘못된 방향을 학문에 전달하게 된다. 무디거나 저급한 감정, 불분명하거나 비뚤어진 판단, 결함이 있거나 진부한 견해는 잘못된 개념과 원칙을 수없이 많이 양산할 뿐만 아니라 근본적으로 잘못된 방향으로 연구를 이끌고, 근본 원칙을 완전히 전도시키는 결과를 가져올 것이다. 그런 이유로 새로운 예술 이론의 이중적 특징이 나타난다. 이것은 근대 포에지사 전체의 부인할 수 없는 결과이기도 하다. 말하자면 근대 예술사 전체는 한편으로는 근대적 취미의 충실한 반영이며 그릇된 실천에서 뽑아올린 개념이고 야만성의 규범이다. 또 한편으로는 보편타당한 학문을 향한 끊임없는 추구의 과정으로 인정할 만하다.

근대 포에지의 특징은 이러한 오성의 지배로 설명할 수 있다. 즉 근대 문학은 가장 기이한 특징마저도 우리 시대의 미적인 교양이 가지고 있는 인위성의 결과다.

지도하고 통제하는 오성이 아직 유아기적인 단계일 때, 이론적인 본능이 아직 독자적인 생산품을 만들어낼 수 없는 상태일 때, 오성은 보통 **주어진 직관**을 따른다. 오성은 직관을 통해서—자신이 전적으로 추구하는 대상인—보편타당성을 예감한다. 따라서 노골적인 **고대 모방**이 이루어졌다. 유럽의 모든 민족은 아주 일찍부터, 매우 집요하게 지속적으로 고대를 모방했다. 그리고 잠깐 중단되었다가 다시 새로운 방법으로 모방했다. 그것은 이론적인 본능이 특히 고대의 모방을 통해서 자기가 추구하는 바를 충족시키기를 원했기 때문이다. 즉 자기가 추구하던 객관성을 찾고 싶어했다. 유아적인 단계의 오성은 고대의 개별적인 예를 보편적인 규범으로 고양하며 고대라는 기원을 고귀한 것으로 여기고 고대의 선입견을 신성하게 여긴다. 하지만 고대인을 잘못 이해했고 잘못 모방했다. 그렇기 때문에 가장 초기 미적 독단론 규정에서 **고대인의 권위**가 제1원칙이 되었다. 그러나 미적 독단론은 포에지의 철학적 이론을 정립하기 위한 예행연습에 불과했다.

문화를 주도하는 교양의 전횡은 무제한적이다. 경험 없는 미숙한 교양은 주어진 모든 소재와 힘을 갈라놓기도, 뒤섞기도 하면서 위험한 놀이를 한다. 자신이 무엇을 하는지 알지도 못한 채 파괴라는 부정 행위를 통해 예술의 궤도에 진입한다. 인위적인 교양의 첫 시도는 실수로 끝난다. 하지만 그 실수는 계속 이어져서 수백 년에 걸쳐 노력한다고 해도 다시 바로잡을 수 없다. 부당하게 제약하는 어리석은 법, 그 법이 자행하는 강압적인 분리와 연결은 자연을 억압하고 혼란스럽게 만들다가 결국에는 파괴해버린다. 인위적인 교양이 만들어낸 작품에는 생명의 원리가 결여되어 있다. 외적인 강제에 의해서 서로 묶여 있는 개별 작품만 있을 뿐이다. 본질적인 연관 관계가 없다. 총체성이 존재하지 않는다. 그래서 다양한 노력 끝에 인위적 교양이 최종적으로 얻은 각고의 결실은 보편화된 무질서, 완전한 몰개성뿐이다. 유럽민족은 공동의 줄기에서 갈라져나왔고, 외부적인 상황으로 인해 서로 빈번하게 접촉했다. 따라서 민족적 특성이 전반적으로 한데 섞이고 근대 포에지 전 영역에 걸쳐서 상호 모방이 끊임없이 일어나는 것은 유럽의 민족 시스템이 정치적, 종교적으로 관련되어 있다는 점에서 그 이유를 찾을 수 있다. 그럼에도 이러한 민족적 특성의 혼합과 상호 모방은 교양의 인위성을 통해 특유의 색채를 갖는다. 자연적인 교양에 있어서 적어도 통일이나 분리의 경계선은 분명하고 확실할 것이다. 하지만 의도를 가지고 전횡을 휘두르는 것은 끝없는 혼란을 낳고, 결국 합법적인 모든 흔적을 지워버릴 수 있다. 교양을 갖춘 훌륭한 민족은 그에 상응하는 많은 개성적인 특징이 있다. 그렇지만 얼마 안 되는 공통의 특징은 매우 변덕스럽다. 그래서 사실 모든 예술가는 시대와 민족의 한복판에서 홀로, **고립된 이기주의자**로 존재한다. 독창적인 예술가만큼 개성적인 양식이 있다. 활발해진 자연의 힘이 인위적 강제에 시달리면서 자신을 채우는 일에 대해 불평을 토로하기 시작한 때부터, 기교적인 일방성이 풍부한 다양성과 어울리기 시작한다. 그것은 순수한 진리로부터 멀어질수록 일방적인 견해가 많아지기 때문이다. 독창적인 작품이 많이 존재하면 할수록, 새롭고 순수한 독창성은 점점 더 희귀해진다. 그런 까닭에 메아리처럼 따라 하는 예술가Echokünstler 군단이 수없이 등장한다. 그런 까닭에 진정한 독창성은 예술가의 궁극적인 목표이고 비평가의 최고의 척도다.

오성은 착각과 오판을 수없이 거듭하면서 비싼 대가를 치르고 결국 늦게나마 더 나은 통찰을 얻는다. 그런 뒤에 완전성을 향해 항구적으로 접근할 수 있다. 거기에서 오성이 원초적인 민족적 특성을 정당하고 더 고차원적인 목적을 위해 바꾸고 중화시키거나 제거하는 것은 논란의 여지 없이 가능하다. 그러나 원초적이고 순수한 여러 양식의 예술을 자의적으로 분리하거나 뒤섞는 화학적인 시도는 훨씬 더 불행한 결과로 이어진다. 오성의 미숙하고 서툰 통찰은 필연적으로 자연을 무자비하게 파괴하고 자연의 단순함을 변형시키며, 자연이라는 아름다운 유기체를 원시적인 덩어리로 해체하고 파괴해버린다. 그러나 이러한 인위적인 집합을 통해 실제의 새로운 융합의 양식이 발견될지는 극도로 불확실하다. 많은 예술을 통합하면서 어떻게 개별 예술의 경계가 혼란스러워지지 않을 수 있을까? 하나의 동일한 예술작품 속에서 포에지는 종종 음악의 폭군이면서 동시에 노예가 된다. 작가는 배우가 할 수 있는 것만을 재현하려고 한다. 그리고 작가 자신만 채울 수 있는 틈을 배우가 하도록 한다. 희곡 장르만 해도 순수한 예술 유형들을 부자연스럽게 뒤섞어놓은 예를 수없이 많이 찾을 수 있다. 여기에서 그 굉장한 사례를 한 가지만 들어보겠다. 즉 작품의 완성도가 높으면 희곡이라는 장르 자체의 기형성이 점점 더 가시화된다.[4] **서정적**이라고 부를 수 있는 근대 희곡 양식이 있다. 그것은 개별 부분들이 서정적이어서 그렇게 말하는 것이 아니다. 왜냐하면 아름다운 연극은 전체가 순수한 서정적 요소로 구성되어 있기 때문이다. 서정적이라고 부르는 근대 희곡은 희곡 형태의 시로써, 음악적인 분위기나 서정적인 동질성에서 통일성을 갖고 있다. 즉 서정적인 감흥을 희곡으로 표출한 것이다. 무능한 전문가들이 가장 빈번하게, 또 매우 심하게 오인한 장르가 바로 서정적인 근대 희곡이다. 왜냐하면 분위기의 통일은 오성에 의해 인식되는 것이 아니라 좀더 섬세한 감정을 통해서만 포착될 수 있기 때문이다. 이런 종류의 작품 중에서 가장 뛰어나다고 할 수 있는 것이 셰익스피어의 『로미오와 줄리엣』이다. 이 작품은 본질적으로 젊음의 기쁨이 얼마나 덧

4 [재판 원주] 그것을 통해 여러 과도기와 중간 단계가 발생한다. 그리고 보통의 예술이론에서는 전혀 개념이 없는, 적합한 자리조차 찾을 수 없는 시문학의 정말 새로운 융합물이 생성된다.

없는지에 대한 낭만적인 탄식이다. 가장 파릇파릇한 인생의 봄이 혹독한 운명의 매정한 입김 속에서 너무 빨리 시들어가는 것을 표현한 아름다운 비탄의 노래. 가장 연약한 사랑의 달콤한 고통과 쓰라린 향유가 불가분하게 엮인 매혹적인 비가다. 하지만 바로 이 불가분하게 한데 얽힌 우아함과 고통의 황홀한 혼합이 비가의 본질적인 특징이다.

개성적인 것, 특징적인 것 그리고 철학적인 것이 근대 포에지의 모든 영역을 **압도한다**는 표현은 근대 미적 교양의 인위성을 가장 잘 설명하고 입증한다. 철학적인 관심을 목표로 삼는 탁월한 예술작품은 아름다운 포에지에서 사소하고 부차적인 양식에 불과한 것이 아니다. 오히려 근대 문학의 아주 고유한 주요 장르로, 다시 두 개의 하위 양식으로 분류된다. 그 하나는 개별적인 인식과 보편적인 인식의 자발적인 재현이고, 다른 하나는 조건적인 인식과 무조건적인 인식의 자발적인 재현이다. 여기에서 자발적인 재현이라는 것은 학문과 역사뿐만 아니라 아름다운 예술과도 구분된다. 이 재현을 완성하는 데 추醜가 필수불가결한 요소일 때가 종종 있다. 또한 미美조차도 특정한 철학적 목적을 위한 도구로서만 사용한다. 한마디로 지금까지 재현예술의 범위는 너무 좁게 제한되었고, 그에 비해 아름다운 예술의 범위는 너무 넓게 확장되었다. 아름다운 예술의 **특수한 특징**은 정해진 목표가 없는 자유로운 유희라는 점이다. 반면 재현예술의 특징은 재현을 이상화한다는 점이다. 재현하는 정신의 법칙에 따라 소재를 선택하고 질서를 부여하며 가능한 한 스스로를 도야해나갈 때, 재현(그 기관은 묘사이거나 모방일 수 있다)은 **이상적**이라고 말할 수 있다. 이상적인 재현을 매개체로 삼아서 절대적인 것을 목표로 하는 모든 사람을 예술가라고 부른다면, 예술가는 본질적으로 진, 선, 미를 추구하는 세 부류로 구분할 수 있다. 예를 들면 지적인 개념이나 역사적인 모방을 통해 절대 전달될 수 없는 인식이 있다. 그것은 정신적인 개념과 이념에 대한 증거와 사례로서, 특유의 이상적인 직관을 통해서 재현될 수 있을 뿐이다. 다른 한편으로 인식 외에는 아무런 목적도 없는 이상적인 재현, 그런 예술작품이 있다. 나는 흥미로운 것에 목표를 둔 이상적인 포에지를 **교훈적인 포에지**라고 부른다. 소재는 교훈적이지만 목표는 미적인 작품, 또는 소재와 목적은 교훈적이지만, 외적인 형식은 문학적인 작품은 절대 그렇게 부르지 말아야 한다. 왜냐하면 예술을 효과적으로 분류하는 데 있어서 소재의 개별적인 성질이 충분한 원칙이 될 수 없기 때문이다.[5] 가장 탁월하고 유명

5 [재판 원주] 사람들은 아름다운 예술의 부차적인 양식으로 **쾌적한 예술**(die angenehme Kunst)에 대해 말한다. 그렇지만 쾌적한 예술과 아름다운 예술 사이에는 무한한 심연이 있다. 쾌적한 수사학은 플라톤이 요리 솜씨와 동급으로 취급하며 예술이라고 부르지 못하게 한, 다른 모든 숙련된 기술처럼 아름다운 예술과 별로 관계가 없다. 가장 보편적인 의미로 **예술**은 인간이 어떤 목적을 자연 속에서 수행할 수 있는 선천적인 재능이거나 노력을 통해 습득한 재능이다. 즉 어떤 이론을 현실에서 실행할 수 있는 기능이다. 인간의 목표는 한편으로는 무한하고 필연적이며, 다른 한편으로는 제한적이고 우연적이다. 그런 까닭에 예술은 **자유로운 이념들의 예술**이거나 욕구들의 **역학적 예술**이다. 그 양식은 **유용**하고 **쾌적**한 예술이다. 감정의 법칙이 각인된 소재는 인간 자신의 세계이거나 인간 밖의 세상이다. 그리고 인간과 직접적으로 연결된 자연이거나 간접적으로 연결된 자연이다. 그렇기 때문에 자유로운 이념들의 예술은 **삶의 예술**(**윤리**와 **국가**가 그러한 양식에 속한다)과 이미 위에서 언급한 **재현예술**로 나뉜다. 과학적 재현의 도구—그것의 도구는 자의적인 개념 부여나 이미지 모방일 것이다—는 자의적인 개념 부여와 이미지의 모방으로 예술의 재현과 구별된다. 즉 재현하는 정신의 법칙에 따라 주어진 것을 체계화할지라도, 과학적 재현은 거의 재

한 근대시의 경향은 대부분 철학적이다. 근대의 시문학은 궁극의 시 양식에, 확실한 완성에 도달한 것처럼 보인다. 교훈적인 장르는 근대 시문학의 자존심이자 훈장이다. 그야말로 가장 독창적인 생산품이다. 다시 말해 잘못된 모방이나 그릇된 교리로 꾸며낸 것이 아니라 원초적인 힘의 깊은 심연에서 길어올린 것이다.

특징적인 것이 근대의 심미적 교양 전체에서 큰 영역을 차지하고 있다. 이것은 다른 예술에서도 마찬가지다. 말하자면, 특징적인 **회화**가 있지 않을까? 미적이거나 역사적인 것에 관심을 두지 않고, 순전히 **인상학적인 것**, 철학적인 것에 관심을 둔 회화가

료를 선택하지도 않고, 결코 자기 자신을 도야하거나 고안하지도 않는다. 학문적 재현은 한마디로 이상적이지 않다. 재현예술은 진, 선, 미를 목표로 하는 세 부류로 나뉜다. 진과 미에 대해서는 본문에서 언급했다. 하지만 나는 아름다움의 존재와 그 차이점 또한 부인할 수 없는 것 같다. 내가 보기에 포에지에서 이상적인 재현이 있는데, 그것은 그 목적과 경향이 미적이거나 철학적이지 않고 **도덕적**이다. 도덕적인 선—이전에 소크라테스 철학의 중요한 부분이었다—을 전파하는 것이 스콜라 철학에 의해 가로막히게 되자 포에지에서 도피처를 찾았다는 것은 이해할 수 없는 일은 아니다. 우정 또는 남성 간의 사랑은 그리스인들이 덕을 설파하고 내적인 상호 접촉을 통해 서로 간의 감정을 고양하고 배가시킨 매체였다. 이것은 이제 존재하지 않는다. 도덕적인 예술가는 이상적인 재현만을 찾아내는데, 그것은 위대한 모든 대가들의 타고난 고유의 예술적 충동, 즉 자신의 재능을 전달하기 위해서, 제자들의 감정에 자신의 정신을 심어주고 충만감을 느끼기 위해서다. 개별적인 경우 이상적인 재현의 경계를 정하기 어려울 때가 종종 있다. 결정적인 지점은 **총체적인 구조**다. 교훈적인 작품의 뼈대는 오인할 수 없다. 그것이 법적으로 자유로운 아름다운 유희의 질서라면, 그 작품은 미적이다. 합법칙적인 통일을 추구하지 않고, 또한 적절하게 가공하지 않은 채 도덕적인 감정을 자유롭게 토로하는 일이 **도덕적인 시문학**에서 발생할 수 있다. 나는 유명한 독일 작품 몇 개를 철학적이라기보다는 도덕적인 시문학으로 분류하고 싶다. 헴스테르호이스(Hemsterhuys, 1721~1790)는 **디티람보스**(디오니소스 제전의 열광적 송사)와 유사한 철학에 대해서 언급했다. 그것 속에서 도덕적인 감정의 가장 자유로운 토로, 훌륭하고 선한 신념의 전달 외에 뭔가 다른 것을 이해할 수 있을까? 나는 이 철학자의 저서 『시몽*Simon*』(1787)을 **소크라테스적 포에지**로 부르고 싶다. 내가 보기에 총체적인 구조가 교훈적이지도, 연극적이지도 않다. **디티람보스적**인 것 같다.

있지 않을까? 역사적인 것이 아니라 이상적인 것을 다룬 회화가 있지 않을까? 특징적인 회화는 범위나 인과관계 및 완성도에서 문학에 뒤처질지라도, 개성의 특별함에 있어서는 문학을 무한히 능가한다. **음악**에서도 본성에 반하여 개별적인 대상의 특징을 묘사하는 표현이 우세하다. **연기술**Schauspielkunst에서도 절대적으로 특징적인 것이 지배적이다. 연기의 거장은 육체적으로 정신적으로 건강하고 지적인 프로테우스[6]임이 틀림없다. 그래서 가장 개성적인 특징에 이르기까지 온갖 양식을 몸에 익히고 모든 캐릭터로 변신할 수 있는 사람이다. 그러는 사이 아름다움은 소홀히 여기고 예의는 무시되며 연극적 리듬은 완전히 잊힌다.

주도하는 원리가 입법적 원리라는 것, 철학적으로 흥미로운 것이 포에지의 최종 목적이라는 사실보다 당연한 것이 무엇이었을까? 고립된 오성은 자연 전체를 나누고 분할하는 것부터 시작한다. 그렇기 때문에 오성의 지도를 따를 때, 예술은 일반적으로 개별적인 것을 충실하게 모방하는 방향을 취한다. 그래서 교양이 좀더 지적으로 높은 수준에 이르렀을 때, 근대 포에지의 목표는 **독창적이고 흥미로운 개성**이 되었다. 그러나 있는 그대로 모방하는 것은 모사가의 숙련된 기술일 뿐이지 자유로운 예술은 아니다. 어떤 개체의 특징을 묘사하는 것은 그 개체를 **이상적으로 형상화**하는 것을 통해서만 철학적인 예술작품이 된다. 이러한 조정 과정을 통해 하나의 개체에서 전체의 법칙이 모습을 드러

6 그리스신화에 나오는 바다의 신 중 한 명이다. 자신의 모습을 자유자재로 바꿀 수 있는 변신술을 가지고 있었다.

내고 쉽게 눈에 띄어야만 한다. 재현된 본질의 의미, 정신, 내적인 관계가 전체의 법칙 그 자체에서부터 명백해져야 한다. 또한 특징적인 포에지는 개별자 속에서 보편성을 재현할 수 있고 재현해야만 한다. 단지 이러한 (총체성의 목표이자 전체 작품의 배치의 원리인) 보편성은 미적이지 않고 교훈적이다. 그렇지만 가장 풍부한 철학적인 특징 묘사조차도 개개의 진기한 표현일 뿐이며 제한된 인식일 뿐이다. 또한 전체 중의 일부분으로 끊임없이 목표를 추구하는 이성을 충족시키지 못한다. 끊임없이 스스로 완전성을 추구하는 것이 이성의 본능이다. 그래서 조건적인 것에서 절대적인 것을 향해 부단히 전진한다. 이러한 절대성과 완전성에 대한 욕구는 교훈적인 장르가 가진 두번째 양식의 기원이자 바탕이다. 이것이 본질적인 **철학적 포에지**로, 오성뿐만 아니라 이성에도 관심이 있다. 철학적 포에지의 자연스러운 전개와 발전은 특징적인 시문학을 심미적 비극의 완전한 대립물인 **철학적인 비극**으로 이끈다. 심미적 비극은 아름다운 시문학의 완성이며 순전히 서정적인 요소로 구성된다. 그리고 그것의 최종 결과는 최상의 하모니다. 철학적인 비극은 교훈적인 시문학의 궁극의 예술작품으로 순전히 특징적인 요소로 구성된다. 그리고 최종 결과는 최상의 부조화다. 또한 철학적인 비극이 재현한 파국은 대부분 비극적이다. 그렇지만 작품 전체가 그렇지 않은데, 비극적인 것이 전체적으로 완벽하게 실현되면 특징적이고 철학적인 예술의 진리를 약화시킬 수 있기 때문이다.

철학적 비극에 대한 이론은 아직 완전하게 알지 못한다. 그렇기 때문에 이 자리에서 그 이론을 상세하게 전개할 수는 없다. 그렇지만 이런 문학 양식은 그 자체로 흥미로운 현상일 뿐만 아니라 근대 포에지의 특징을 규정하는 데 있어서 가장 중요한 자료 중 하나다. 따라서 제시된 개념을 내용이나 전체적인 완결성이 가장 우수한 단 하나의 예를 들어 설명하는 것은 가능할 것이다. 우리는 **햄릿**을 부분적으로만 높이 평가하는데, 그것은 작품을 제대로 이해하지 못했기 때문이다. 사람들은 보통 **햄릿**을 전체적으로 통일성이 없고 비논리적이라고 암묵적으로 전제한다. 그런데 이런 전제가 사실임에도 이 작품을 그렇게 관대하게 받아들인다면, 그 부분적인 평가 역시 상당히 모순적이다! 셰익스피어 희곡은 인과관계 자체가 너무 단순하고 분명해서 솔직하고 편견 없는 의미가 자연스럽게 이해된다. 하지만 그러한 인과관계의 근거가 아주 깊이 숨겨져 있고 보이지 않는 맥락과 연관 관계가 너무 정교한 나머지 예술적 감각이 없으면, 그리고 헛된 기대를 품거나 잘못된 원칙에서 출발하면, 이 작품을 예리하게 비판적으로 분석할 수 없다. **햄릿**의 각 부분은 모두 필연적으로 공통의 중심에서부터 전개되고 다시 그 중심을 향해 반응한다. 예술적인 통찰력을 담고 있는 이 걸작에서 생뚱맞고 쓸데없거나 우연적인 것은 하나도 없다.[7] 작품 전체의 중심은 주인공

7 [원주] 이 완벽한 구성은 한 위대한 작가의 판단을 통해 승인되었다. 괴테의 **빌헬름 마이스터**에서 **햄릿**의 구성과 오필리아의 캐릭터에 대해, 또한 **햄릿**의 각 개별적인 요소에 대해 언급한 모든 것은 매우 적절하다. 단지 작품 전체의, 한마디로 이 장르의 이념만 언급되지 않았다. 그것은 바로 특유의 비극적인 세계관이다. 이 세계관은 인간 내면의 가장 깊은 접합점을 뒤흔드는 영원히 해결할 수 없는 불협화음, 그리고 그것으로 인해 영혼 깊숙한 곳을 가로지르는 회의적인 감정에 뿌리를 두고 있다.

의 성격에 있다. 주인공의 고결한 본성이 온통 오성에 강하게 집중되면서 실행력은 전멸하고 만다. 마치 고문대 위에서 온몸이 사방으로 찢겨나가는 사람마냥 햄릿의 심정은 갈가리 찢어진다. 주변의 어떤 것보다 더 고통스럽게 자신을 짓누르는 너무 많은 상념 속에서 햄릿의 마음은 갈 길을 잃고 분열한다. 이런 해결될 수 없는 부조화는 철학적 비극의 본질적인 대상이다. 그런데 사고와 행동의 끝없는 불일치를 햄릿이라는 인물보다 더 완벽하게 재현할 수는 없을 것이다. 이러한 비극의 종합적인 인상은 **극도의 절망**이다. 각기 크고 중요하게 보이는 모든 인상은 존재와 사고의 유일한 최종적인 결과물 앞에서 시시한 것처럼 사라져버린다. 인류와 운명을 무한히 갈라놓는 영원하고 **거대한 불협화음** 앞에서.

이 희곡은 근대 포에지의 전 영역에 걸쳐서 예술사 연구자들에게 가장 중요한 자료 중 하나다. 이 작품에서 작가의 정신이 가장 잘 드러난다. 셰익스피어 작품에 골고루 흩어져 있는 작가의 정신이 **햄릿**에 모두 모여 있는 것 같다. 그렇지만 **셰익스피어**는 한마디로 모든 예술가 중에서 근대 포에지의 정신을 가장 완전하고 가장 정확하게 포착한 예술가다. 셰익스피어의 작품 속에서 낭만적 환상의 가장 매력적인 전성기, 고트족의 웅장한 영웅시대가 가장 섬세하고 근대적인 특징 및 가장 심오하고 풍부한 시학적 철학과 하나가 된다. 이 양 측면에서 고려해봤을 때, 때로는 셰익스피어가 우리 시대의 문화를 선취한 것처럼 보인다. 재미das Interessante가 충만한 셰익스피어의 작품을 과연 누가 뛰어넘을 수 있을까? 열렬한 열정은? 모방할 수 없는 특징 묘사의 진실함은? 유일무이한 독창성은? 셰익스피어는 근대인이 가지고 있는 가장 본질적이고 미적인 장점을 가장 광범위하고 탁월하게 수용하고 있다. 또한 근대인의 특징이라는 측면에서 근대가 수반하는 기이함과 오류까지도 받아들인다. 셰익스피어를 **근대 포에지의 정점**이라고 불러도 과언이 아니다. 모든 양식이 지닌 개별적인 아름다움을 얼마나 풍부하게 표현했던가! 할 수 있는 한 궁극의 것에 근접한 적이 얼마나 많았던가! 근대 포에지를 통틀어서 셰익스피어의 『**줄리우스 시저**』에서 **브루투스** 캐릭터가 보여주는 우아한 미덕, 매혹적인 위대함만큼 완벽한 아름다움에 부합하는 것은 없다.

그럼에도 불구하고 학식과 통찰력이 뛰어나다는 많은 사상가조차도 셰익스피어를 어떻게 평가해야 할지 모른다. 한마디로 "자기 직업에 부적당한 사람들"이다. 그들의 사고는 편협해서 그들 나름의 이론도 제대로 제시하지 못했다. 이를테면 셰익스피어에 대한 대중의 공감이 거스를 수 없을 정도로 확산되자, 대중의 눈높이도 정서도 따라잡지 못한 전문가들은 그 대신 너무 나약한, 모범생 같은 작가들을 치켜세웠다. 그들은 **정통**이라는 이름으로 신성불가침의 낙인을 받은, 뜨뜻미지근한 평범한 예술가들일 뿐이다. 전통에서 벗어난 셰익스피어의 작품이 예술의 규칙을 위반한다는 전형적인 판단은 아직 객관적인 이론이 존재하지 않는 상황에서 몹시 성급하다고 할 수 있다. 게다가 어떤 이론가도 특징적인 포에지와 철학적 예술의 법칙을 더욱 완벽하게 발전시키려는 시도를 하지 않은 상황이었다. 셰익스피어는 예술의 규칙에 지속적으로 저항했고, 대중은 언제나 그런 그를 환호했다. 그럼에도 나는 대중들이 셰익스피어의 철학을 제대로 이해했는지 의심스럽다. 대중들은 그의 감성적인 힘에 매료되어 기만적인 진실에 사로잡히고 고작 고갈되지 않는 충만감에 사로잡힌 채, 육체적인 것에 머물러 있는지도 모른다.

사실 셰익스피어의 문학을 바라보는 제대로 된 관점이 부재했던 것 같다. 셰익스피어 문학을 **아름다운** 예술로 판단하는 사람이 점점 더 통찰력을 가질수록, 그래서 셰익스피어를 더 많이 알수록 더욱 깊은 모순에 빠질 뿐이다. 자연이 아름다운 것과 추한 것을 한데 버무려서 풍성함과 충만함을 자아내듯이, 셰익스피어 또한 그렇다. 그의 희곡 중 내용 전체가 아름다운 것은 없다. 아름다움이 결코 전체의 구도를 결정하지 않는다. 자연에서와 마찬가지로, 개별적인 미가 **추의 부속물**이 아닌 경우가 드물다. 그것은 또다른 목적을 위한 **수단**일 뿐이다. 따라서 특징적이거나 철학적인 흥미를 돕는다. 셰익스피어의 작품은 섬세하고 예리한 묘사에서 아주 살짝 벗어나서 종종 어색하고 조야할 때도 있다. 그것은 더 많은 흥미를 불러일으키기 위해서다. 흥미로운 것으로 충만한 것은, 해결할 수 없는 혼란일 경우가 다반사이고 끝없는 갈등으로 귀결된다. 심지어 구김살 없는 유년 시절이나 유쾌한 청소년 시절의 즐거운 이미지들 한가운데에도 삶의 목표를 완전히 상실하고 이 세상 어떤 존재도 완전히 공허할 뿐이라는 쓰라린 기억이 떠올라 우리에게 상처를 준다. 셰익스피어의 묘사처럼 언짢고 씁쓸하고 화나고 역겹고 진부하고 끔찍한 것은 없다. 그래서 작품의 목적에서 볼 때 꼭 필요한 묘사를 회피해버린다. 셰익스피어는 종종 묘사 대상의 살을 도려내서, 해부용 칼로 썩은내가 진동하는 도덕적 시체의 살을 헤집어놓는다. 그렇기 때문에 "셰익스피어가 가장 친절하게 인간의 운명을 알려준다"라고 말하는 것은 너무 완곡한 표현이다. 사실 누구도 셰익스피어가 우리를 **순수한** 진실로 이끈다고 말할 수 없다. 가장 풍부하고 포용적인 관점이라 하더라도, 그는 우리에게 **일방적인** 관점만을 제공할 뿐이다. 그의 표현은 절대로 객관적이지 않으며 오히려 대단히 **기교적**이다. 하지만 그의 양식이 지금까지 알고 있는 것 중에서 가장 훌륭하고, 그의 개성이 가장 흥미로운 것이라는 사실을 제일 처음 인정한 사람이 바로 나 자신이다. 종종 언급했듯이, 셰익스피어의 개성적인 양식과 독창적인 특징은 오해의 여지가 없고 모방할 수 없다. 개성적인 것은 개별적으로 파악되고 묘사될 수 있을 뿐이다. 특징적인 예술과 양식은 적어도 떼려야 뗄 수 없는 동반자이자 필연적인 상관관계처럼 보인다. 나는 예술의 양식 속에서 정신의 개성적인 방향을 이해한다. 또한 그 자체로 이상적이라는 재현 속에 표출된 감성의 개성적인 정조를 이해한다.

2.
아름다운 것과 흥미로운 것의 전개와 대립[1]

근대 포에지의 미적 교양은 전부 흥미로운 것[2]을 향해 있다. 이 방향은 보편타당성이 부족하지만 그 대신에 기교와 특징과 개성의 우위로 설명된다. 각각의 독창적인 개체는 지적인 내용이나 미적인 에너지의 더 큰 몫을 담고 있다. 말하자면 이런 모든 개체가 **흥미롭다**. 여기에서 나는 신중하게 **더 큰 몫**이라는 말

1 재판에서는 이 부분에 다음과 같은 각주가 달려 있다. "2장. 아름다운 것과 흥미로운 것의 계속적인 전개와 대립. 근대 문학의 과제와 그것의 해결책에 대한 반대자들의 이의 제기. 객관적인 미에의 접근에 대하여. 그리고 포에지의 재탄생 가능성에 대하여." 이에 근거하여 임의로 소제목을 붙였다.

2 [원주] 떠들썩하게 아름다운 것이 언급되는 곳에서도, 그 배경을 정확하게 분석하면 대개 흥미로운 것만 발견될 뿐이다. 예를 들면 예술가를 미의 이상이 아니라 예술적 기교의 완벽성 개념으로 평가하는 한, 힘과 예술은 미적 평가의 동일한 원리에서 나온 두 개의 다른 견해일 뿐이다. 그리고 정확성과 천재적인 독창성을 지지하는 사람들은 원칙이 아니라, 긍정적인 것이나 부정적인 것에 대한 비판의 경향성을 통해 구분된다.

을 사용했다. 이는 감수성이 있는 개체가 이미 소유하고 있는 것보다 큰 몫이라는 뜻이다. 왜냐하면 흥미로운 것은 개인의 감수성을, 순간순간 그것의 개성적인 정조를 요구하기 때문이다. 양적인 모든 것은 무한하게 증대될 수 있기 때문에 이 길에서 결코 완전하게 만족할 수 없는 이유, 즉 **최고로 흥미로운 것**이 존재하지 않는 이유는 분명하다. 근대 포에지의 각기 다른 형식과 방향 속에서, **완전한 만족에 대한 욕구, 예술의 절대적인 최대치**를 향한 노력이 힘의 모든 단계에서 동일하게 나타난다. 이론이 약속한 것, 우리가 자연에서 추구한 것, 모든 우상 속에서 찾기를 바랐던 것, 그것이 **미적인 극치**와 무엇이 다를까? 인간 본성에 근거한 완전한 만족에 대한 갈망이 (지금까지 예술이 한결같이 지향했던) 개별적인 것을 통해, 그리고 변화를 통해 수차례 실망을 거듭했고 그럴수록 점점 더 간절해졌다. 보편타당한 것, 지속적인 것, 필연적인 것, 즉 **객관적인 것**만이 그 거대한 틈을 채울 수 있다. 아름다운 것만이 이 열렬한 동경을 잠재울 수 있다. **아름다운 것**은—여기에서 '아름다운 것'의 개념은 불확실하다. 현재로서 이 개념의 실제 타당성과 적용 가능성은 미정이다—아무런 이해관계 없는 만족의 보편타당한 대상이다. 아무런 이해관계 없는 만족이란 욕구와 법의 강제로부터 독립적이고 자유로운 상태이며, 그럼에도 필연적이고 어떤 목적에도 좌우되지 않으면서, 동시에 무조건 합목적적인 상태다. 개성이 넘치면 저절로 객관적인 것으로 이어진다. 또 흥미로운 것은 아름다운 것을 위한 준비 과정이다. 그래서 근대 포에지의 최종 목표는 다름아닌 **궁극의 아**

름다움, 즉 객관적인 미적 완전성의 최대치다.

근대 포에지[3]는 출발점에서부터 다양한 갈래로 나뉘었다가, 이 두번째 접점에서 모두 다시 만난다. 근대 포에지의 속성을 구성하는 토대는 교양의 인위성이라고 할 수 있다. 근대 포에지가 지향하는 목표를 전체적인 방향성 속에서 이해하면, 근대 포에지 전체의 의미가 완전하게 설명되고 의문에 대한 답을 얻게 된다.

흥미가 지배하는 현상은 전적으로 취미의 **일시적인 위기**일 뿐이다. 그것은 결국 저절로 무너질 수밖에 없기 때문이다. 흥미로운 것은 두 개의 매우 상이한 파국을 선택해야 한다. 다시 말해 미적인 에너지 쪽으로 방향을 잡으면, 옛 매력에 대한 감흥은 점점 더 없어지고 새로운 것에 대한 갈망은 더욱 격렬하고 예리해진다. 취미는 자극적이고 기발한 것으로 빠르게 전환된다. **자극적인 것**은 무뎌진 감수성을 경련이 오도록 부추긴다. **기발한 것**은 상상력에 그와 비슷한 자극을 준다. 이러한 것은 취미의 죽음이 임박했다는 것을 알리는 징후다. **무미건조하게 김빠진 것**은 아무런 힘도 되지 않는 묽은 음식이나 다름없다. **불쾌한 것**은, 그것이 모험적이든, 역겹든, 끔찍하든, 죽음을 향해가는 취미의 마지막 발작이다. 이에 반해 취미에서 철학적인 내용이 우세한 경향을 보이면, 그리고 자연이 가장 격렬한 충격에도 굴하지 않을

3 [원주] 파격적인 것은 상상력을 불러일으키는 세 개의 하위속성을 가지고 가진다. 즉 감각을 부추기는 **모험적인 것**, 감정을 괴롭히고 고문하는 **역겨운 것**, 그리고 **잔혹한 것**. 이와 같은 흥미로운 것의 자연스러운 발전 과정은 예술의 각기 다른 진행 단계를 매우 잘 설명해준다.

만큼 강하다면, 앞으로 나아가는 교양의 힘은 과도할 정도로 흥미를 만들어가는 일에 혼신의 힘을 다한 뒤, 억지로라도 스스로에게 용기를 북돋음으로써 객관적인 것을 시도하는 단계로 넘어간다. 그렇기 때문에 우리 시대의 진정한 취미는 자연의 선물도, 교양의 결실만도 아니다. 그것은 위대한 도덕적 힘과 확고한 자립성이라는 조건에서만 가능하다.

●

근대 포에지의 숭고한 사명은 모든 포에지가 추구하는 최고의 목표만큼 중요하다. 그래서 예술에 대해 요구할 수 있고, 예술이 추구할 수 있는 가장 위대한 것이나 다름없다. 그러나 예술은 절대적인 **최고점**에 결코 도달할 수 없다. 도달 불가능한 이 목표에 끊임없이 다가가는 것이 최선이다. 그런데 내적인 모순으로 인해 이러한 **무한한 접근** 또한 가능할지 의구심이 든다. 타락한 예술에서 진정한 예술로의 귀환, 부도덕한 취미에서 올바른 취미로의 귀환은 단순히 갑작스러운 도약으로 보일 수 있다. 하지만 모든 재능은 **부단한 전진**을 통해 계발된다. 따라서 갑작스러운 도약은 부단한 전진과 결코 결합할 수 없다. 객관적인 것은 변하지 않으며 끈질기기 때문이다. 따라서 예술과 취미가 객관성에 도달해야 한다면, 미적인 교양은 그야말로 한자리에 고정되어 있어야만 할 것이다.[4] 미적인 교양에 있어서 **절대적인**[5] **정지**라는 것은 절대로 생각할 수 없는 일이다. 근대 포에지는 항상 변한다. 그런

데 근대 포에지가 후퇴하다가 결국 목표에서 다시 멀어지는 일은 없을까? 근대 포에지의 방향이 향상되었다고 해도, 그런 일은 있을 수 없는 일인가? 인간적인 그 어떤 노력도 소용없는 것은 아닐까?[6] 이미 아름다움이란 개별적으로 자연의 은혜다. 전체적으로는 미는 이례적인 상황들의 일회적인 융합에 얼마나 더 많이 좌우되는 것일까? 아름다움은 인간의 능력으로는 조종할 수도 없고, 하물며 만들어낼 수도 없는 그런 상황의 융합에 얼마나 더 많이 달려 있는 것일까? 요컨대 근대 포에지 전체의 자발성을 주장하는 것은 결코 적절하지 않은 것처럼 보인다. 근대 포에지의 형성과 발전 그리고 일시적인 성공은 **우연**에 맡겨져 있다.[7] 슬픈 운명이여!

더 고결한 사람들은 우연을, 그리고 모든 형태의 우연의 결과를 증오한다. 운명의 위대한 과제는 포에지에 관심이 있는 모든 사람들로 하여금 더 많이 관심을 갖고 행동하도록 하는 것임에 틀림없다. 별로 희망적이지 않고 해결하기 어렵더라도, **시도는 필수적이다!** 여기에 무관심하고 게으른 자는 예술과 인류의 품위에 어울리지 않는 사람이다. 확고한 토대 없이 교양만 높다면 무슨 소용이겠는가? 확실한 방향 및 조화와 균형이 없는 힘이 무

4 [원주] 아름다운 것의 묘사 속에서 객관적인 것의 예술 감각을 포착할 때, 인위적인 교양은 곧바로 멈춰서 영원히 고정될 것이다.

5 [원주] 예술적 도야 과정의 절대적이고 완전한 정지.

6 [원주] 오성을 통해 아주 제대로 파악했을지라도, 이러한 예술의 목표를 향한 의도적인 노력들은 소용없는 것이 아닐까?

7 [원주] 슬프지만 보편적인 숙명에 따라 대부분은 우연에 맡겨진다.

슨 소용이겠는가? 완전하고 순수한 아름다움 없이 개개의 아름다운 요소들로만 이루어진 카오스가 무슨 소용이란 말인가? 미적 교양의 현상황에 대해서 우리를 만족시키고 안심시킬 수 있는 것은 좋은 전환이라는 미래에 대한 확실한 전망뿐이다.

근대적 교양의 진행 과정, 우리 시대의 정신, 특히 독일 민족의 성격이 포에지에 매우 호의적이지 않은 것처럼 보이는 것이 사실이다! 아마 많은 사람이 이렇게 생각할 수 있을 것이다. "우리의 모든 제도와 규약은 얼마나 몰취미한가. 근대인의 생활 방식 전체, 온갖 관습이 얼마나 시적인 것과 거리가 있는가! 생명과 정신이 결여된 어색한 형식, 끔찍한 혼란, 추잡한 싸움이 이곳저곳을 지배한다. 이 한복판에서 나의 눈빛은 하릴없이 자유로운 충만과 우아한 통일을 찾아 헤맨다. 고트족이 타고난 시인이었고, 수도사들의 야만적인 기독교가 아름다운 종교였다는 사실을 의심하면, 독일 선조들의 고결한 재능을 오해하는 것일까? 수많은 증거들이 우리에게 한목소리로 외친다. 산문은 근대인의 본질이라고. 그렇지만 일찍이 근대 포에지에는 적어도 엄청난 힘과 환상적인 활력이 있다. 그러나 곧 예술은 자만심으로 가득찬 대가들의 현학적인 유희의 도구가 되었다. 영웅시대의 생명력은 사라지고 정신은 금방 날아가버렸다. 옛 감각을 일깨우는 메아리만이 남았을 뿐이다. 밀랍날개를 퍼덕이며 하늘을 향해 힘차게 날아올라가서 절대적인 완전성에 도달하려는 무기력한 시도, 낭만적 포에지의 빈약한 단편들로 이루어진 카오스, 제대로 인정받지 못하는 모델을 모방하는 것을 제외하면 다음 시대의 포에지는 무엇일까? 이처럼 야만인들은 더 좋은 세계의 아름다운 단편들을 짜맞추어 고딕 건물을 만들었다. 이처럼 북구의 화가들은 강철처럼 열심히 고대의 모범에 따라 생명력 없는 그림을 완성한다! 인류의 전성기는 단 한 번뿐이었고, 그 시절은 다시 오지 않았다. 그 전성기에 만발했던 꽃이 바로 아름다운 예술이었다. 혹독한 겨울에는 봄을 강요할 수 없다. 게다가 유약함과 부도덕이 시대의 정신이다. 당신은 나쁜 사람이면서, 아름답게 보이고 싶은가? 벌레 먹은 내면을 가지고 있으면서 겉으로는 순수해 보이고 싶은가? 시작부터 모순덩어리라니! 특징이 거세된 곳에서, 정말 도덕적인 교양이 없는 곳에서, 예술은 당연히 방탕한 분위기를 간질이는 저급한 자극으로 전락하고 만다. 가장 절망적인 것은 독일 포에지의 운명이다! 영국인이나 프랑스인들 사이에서 사교 생활의 재현은 적어도 독창적인 진리와 영속성 및 생생한 감각과 진정한 의미를 가지고 있다. 이에 비해 독일인은 현실에서 아무것도 가진 게 없으니, 아무것도 재현할 수 없다. 뭔가를 재현하고자 시도할 때마다 터무니없는 몽상에 빠지거나 초연한 입장을 취한다. 사실 영국인은 투박하고 생기 없이 우울하며 완고하다. 그리고 프랑스인은 격렬하고 성급하고 편향적이다. 이러한 민족적인 성격 때문에 영국인과 프랑스인은 완전한 아름다움으로부터 거리가 멀다. 그러나 독일인은 꼼꼼하고 형식적이며 답답하고 원래 생각과 행동이 느리다. 독일인들은 이처럼 특징 없는 성격으로 인해 자유로운 예술을 경쾌하게 즐길 수 없다. 몇 개의 예외적인 경우를 가지고 이러한 전체적인 이미지를 불식시키지는 못한다. 독일 어느 곳에서나 취미를 찾을 수 있다면, 네로 황제 치하의 로마에서도 그럴 수 있을 것이다."

그러한 예로 렘브란트의 검게 칠한 역사화[8]를 들 수 있다. 이 그림은—강연의 장엄한 파토스가 없는 건 아니지만 본래 경박한—지옥의 색깔로 위대한 민중들의 정신을, 즉 주목할 만한 시대정신을 표현한다. 이러한 재현의 개별적인 특징들이 진리일 수 있다. 또는 뭔가 진실한 것을 담아낼 수 있다. 하지만 이 특징들이 완전하지 않다면, 연관성이 결여되어 있다면, 전체는 거짓이다. 그처럼 현시대는 미적인 것이 가장 쇠약해져 있는 상황이다. 이것은 흥미의 위기에 봉착했지만 유익한 전환기라는 것을 보여주는 명백히 **긍정적인 징후**이다. 이런 전도유망한 전환기에 흥미로운 것에 굴복하는 것은 유약한 본성뿐이다. 미적인 무력감은 때로는 과도할 정도로 몹시 무리한 노력에서 비롯한다. 그렇기 때문에 미적인 무기력과 가장 위대한 힘은 가까이 있다. 타락은 당연히 정점을, 무기력은 긴장을 수반한다. 부도덕은 전체적으로 사실일 수 있지만, 그것이 취미의 진보를 제지하기는 어려울 것이다. 취미는 외적인 강제나 위험한 전염으로부터 비교할 수 없을 정도로 자유롭다. 개별적인 경우에서도 도덕적인 교양은 전체의 매혹적인 힘에 훨씬 쉽게 마음을 빼앗기고 만연한 선입견

8 렘브란트의 〈야경〉을 가리킨다. 새로 지은 웅장한 암스테르담의 도시 민병대 본부 건물에 걸기 위해 주문한 이 작품은 프란스 반닝 코크 대장과 그 대원들을 그린 단체 초상화로, 잘 차려입고 무장을 한 민병들이 거리를 행진하는 모습을 담고 있다. 〈야경〉이라는 제목은 18세기에 붙었는데, 그림에 칠한 니스가 검게 변한 것을 보고 밤의 장면이라 잘못 여겼기 때문이다.

에 숨이 막히고 모든 종류의 외적인 제도에 속박되었다. 근대의 포에지가 자신의 고귀한 사명에 도달할지의 여부도 민족적 성격이라는 행운에만 의존할 수 없다. 왜냐하면 근대인의 교양은 인위적이기 때문이다. 더 높은 수준의 근대인의 취미는 자연의 선물이 아니라 자유의 독자적인 업적이어야 한다. 힘만 있다면, 예술은 결국 근대인의 일방성을 바로잡고 자연이 선물한 최고의 은혜를 대체하는 데 성공할 수 있을 것이다. 설령 근대인에게 현명한 안내자가 없다고 하더라도, **미적인 힘**까지 없는 것이 아니다. 분명 근대인의 시학적 자질은 보호받을 만하다. 아니면 자연이 이탈리아인에게도 인색했다는 것일까? 독일인들은 여전히 독일적인 취미가 늦게 형성되었던 기억을 가지고 있다. 독일인은 개별적으로 교양 있는 유럽의 다른 민족들을 능가했다. 그러나 전체적인 면에서는 그만큼 뒤떨어졌다. 소박하면서도 독창적이고, 절제하면서도 힘이 있는 것이 이 민족의 원초적인 특징이다. 그렇지만 이런 특징을 그들 자신도 인정하지 않을 때가 종종 있었다. 독일의 **모방욕**은 악명이 높다. 때때로 조롱받을 만할 뿐만 아니라, 실제로 독일인에게 그런 낙인을 찍곤 한다. 그러나 전체적으로 다면성은 미적 교양이 진정으로 진일보한 것이며 보편타당성에 근접했다는 것을 보여주는 전조다. 소위 독일인의 특징 없음이라는 성격도 틀에 박힌 듯한 다른 민족의 성격보다 훨씬 나은 것일 수 있다. 그래서 미적 교양의 민족적인 일면성이 더 많이 제거되고 바로잡힐 때 비로소 다른 민족은 독일인이 가진 다면성이라는 보다 높은 단계로 올라설 수 있다.

우리 시대와 우리 민족의 미적 교양의 특징은 두드러지게 큰 징후를 통해 저절로 드러난다. 괴테의 문학은 참된 예술과 순수한 아름다움의 서광이다. 한 시대, 한 민족을 감동하게 만드는 감각적인 힘은 청년 괴테가 등장할 때부터 갖고 있던 최소한의 장점이었다. 괴테 후기 작품을 특징짓는 진실과 철학적인 내용은 셰익스피어의 고갈되지 않는 풍요로움에 비할 수 있을 것이다. 그야말로 『파우스트』가 완성된다면, 『햄릿』을 훨씬 능가할 것이다. 『햄릿』은 영국인인 셰익스피어의 걸작으로 『파우스트』와 동일한 목표를 가지고 있는 것 같다. 『햄릿』에서 운명과 환경, 이를테면 약점이었던 것이 『파우스트』에서는 감정과 행위, 즉 힘이 된다. 말하자면 햄릿의 기분과 성향은 외적인 상황의 결과인 반면 파우스트의 비슷한 성향은 천성적인 성격의 결과다. 괴테의 표현 능력은 끝이 없을 정도로 다재다능해서 예술가들 중의 프로테우스라고 불리며, 다음과 같이 비견된다.

> 처음에 그는 갈기를 무섭게 휘날리는 한 마리 사자의 모습이었다. 이윽고 물처럼 어디론가 흘러가더니 구름 속에서 한 그루 나무처럼 살랑거렸다.

이러한 분위기 속에서 괴테에게 온갖 문학적인 전지전능함을 부여하고, 그의 유일무이함을 간파한 통찰력 있는 논문들을 샅샅이 찾아서 읽는 애호가들이 있다. 이러한 논문들은 괴테를 제대로 평가하고 있지만 표현은 불분명하다. 그럼에도 사람들은 관대하게 눈감아준다.

내가 보기에 이러한 치밀한 신비주의에는 올바른 관점이 없는 것 같다. 이런 식으로 독일의 셰익스피어로 탈바꿈시키는 것이 괴테를 부당하게 대하는 것처럼 여겨진다. 아마 특징적인 포에지에서는 기교적인 양식을 추구하는 영국인 셰익스피어의 우위를 주장할 것이다. 그러나 독일인인 괴테의 목표는 객관성이다. 아름다움이 그의 매력적인 문학을 인정하는 진정한 척도다. 괴테 작품의 명랑함, 평화로운 웃음의 분위기보다 무엇이 더 매력적일까? 전체적으로 섬세하고 부드러운 윤곽과 명쾌함보다 무엇이 더 매력적일까? 괴테의 작품에는 힘뿐만 아니라 조화와 균형이 있다! 우아함은 아름다운 배치의 비밀을 스스로 드러낸다. 괴테는 정지 상태와 움직임의 유익한 상호작용을 통해서 작품 전체에 가장 매력적인 생기를 골고루 불어넣을 줄 안다. 그래서 하나의 전체 속에서 자유롭고 다양한 양식이 경쾌한 조화에 이르기까지 저절로 정돈된다.

그는 흥미로운 것과 아름다운 것, 그리고 기교적인 것과 객관적인 것의 중간 지점에 있다. 그렇기 때문에 몇몇 작품에서는 고유한 개성이 두드러지게 표출되지만, 다른 여러 작품에서는 기분에 따라 변신하며 낯선 양식을 수용하는 것을 불쾌하게 여길 필요가 없다. 이것은 근본적으로 특징적이고 개성적인 것의 시대가 남긴 잔재들이다. 그렇지만 괴테는, 이것이 가능하다면, 일종의 객관성을 예술적인 기교 속으로 끌어올 줄도 안다. 때로는 곳곳에서 빈약하고 하찮은 소재에 심취하기도 한다. 그래서—알맹

이 없는 공허한 사유처럼—아무런 소재 없이 아주 순수한 시를 쓰는 일에 진지하게 매진하고 있는 것처럼 보인다. 이런 작품에서 아름다운 것을 향한 충동은 근본적으로 불필요하다. 이런 작품은 오직 재현 충동의 순수한 산물이다. 괴테 예술의 객관성은 타고난 재능일 뿐만 아니라 교양의 결실인 것처럼 보일 수 있다. 이에 비해 괴테 작품의 아름다움은 그의 원초적인 본성이 무의식적으로 선사한 사은품이다. 괴테는 감동이나 즐거움의 측면에서도 늘 매력적이다. 그의 작품은 그가 원하는 만큼 아름답지만 숭고함은 부족하다. 사람의 마음을 움직이는 괴테의 힘은 산발적으로 이곳저곳을 옮겨다닌다. 거칠고 격렬한 것에서 혹독하고 불쾌한 것으로, 또는 부드럽고 연약한 것에서 생기 없이 지친 것으로. 그러나 보통 마음을 빼앗는 힘은 현명한 용서와 가장 행복하게 조화를 이룬다. 괴테가 기교로부터 완전히 자유로울 때, 그의 재현은 한층 더 고결한 정신이 갖고 있는 평화롭고 명랑한 관점처럼 보인다. 이런 정신은 어떤 약점도 없고 어떤 고통도 개의치 않으며 오직 순수한 힘만을 움켜쥐고 영원히 그것을 주장한다. 괴테가 온전히 그 자신일 때, 괴테의 매력적인 시의 정신은 유쾌한 다양성과 매혹적인 우아함이다.

이 위대한 예술가는 미적 교양의 완전히 새로운 단계에 대한 전망을 열어놓았다. 괴테의 작품은 객관적인 것이 가능하고, 아름다움에 대한 희망이 이성의 공허한 광기가 아니라는 사실에 대한 부정할 수 없는 증거다. 객관적인 것은 그의 작품에서 이미 달성했다. 그리고 본능의 필연적인 힘은 흥미로운 것의 위기로부터 더욱 강력한 모든 미적 힘들을 객관적인 것으로 이끌 수밖에 없다. 그래서 객관적인 것 역시 더욱 일반적이 되며, 공적으로 인정되고 보편적인 지배력을 갖게 될 것이다. 그러고 나서 미적인 교양은 결정적인 지점에 도달하게 된다. 그 지점에서 미적 교양은 스스로 침몰하도록 내버려두지 않는다. 미적 교양은 오직 외적인 강제력을 통해서만 전진을 저지당하거나, 또는 (어떤 물리적인 혁명을 통해서만) 완전히 파괴될 수 있다. 이 말이 의미는 위대한 도덕적인 혁명이 일어날 수 있다는 것이다. 자유는 (교양의) 운명과의 투쟁에서 도덕적인 혁명을 통해 드디어 자연에 대한 결정적인 우위를 차지한다. 이것은 전체가 움직이는 원리 속에서도 자발성이 우세해지는 중요한 순간에 일어난다. 그 이유는 당연히 인위적인 교양을 주도하는 원리가 자발적이기 때문이다. 도덕적인 혁명 이후 교양의 진행, 미적인 힘의 방향, 공동 생산품의 전체 배열은 인류의 목적과 법칙에 따라 결정될 뿐만 아니라 교양 자체가 갖고 있는 힘 안에서 인간적인 것이 우세해질 것이다. 자연이 힘을 더 강화하지 못하면, 모든 문화를 한 번에 절멸시킬 수 있는 물리적 혁명의 경우처럼, 인류는 아무런 방해도 받지 않고 전진할 수 있다. 인위적인 교양은 적어도 자연적인 교양처럼 자기 자신 속으로 침잠할 수 없다. 비록 교양의 초기 단계에서 자연의 우세가 아무리 크다 하더라도, 격렬한 싸움 속에서 결국 자유가 승리하는 것 또한 놀랄 일이 아니다. 왜냐하면 모든 진보는 더 큰 힘을 보장할 뿐만 아니라 더 먼 진보를 위한 새로운 수단까지 넘겨주면서 인간의 힘이 곱절로 성장하기 때문이다. 지도

하는 오성은, 미숙하면 종종 자기 자신을 해칠 수 있다. 오성의 모든 실수를 충분히 대체하게 될 때가 틀림없이 온다. 맹목적인 우위는 결국 이성적인 적수에게 굴복할 수밖에 없다. 절대적인 것을 향한 완전성의 이론만큼 자명한 것은 없다. 인류의 필연적인 무한한 완성에 대한 이성의 순수 명제는 아주 명쾌하다. 그렇지만 정곡을 찌르고 올바른 계기를 포착하고 전체를 통찰하는 **시각**을 결여한 채 이를 역사에 적용할 경우, 최악의 오해를 불러일으킬 수 있다. 뒤엉킨 경험의 실타래에서 실마리를 찾아 풀고, 교양의 현 단계를 올바르게 평가하고 다음 단계를 정확하게 추측하는 것은 늘 어려운 일이며, 종종 불가능한 일이기도 하다.

지배하는 개념들이 근대적 교양의 과정과 방향을 결정한다. 그것의 영향은 굉장히 중요하고 결정적이다. 근대 세계에서 진정한 윤리적 교양은 약간의 파편만 남아 있고, 고결하고 훌륭한 신념 대신에 도덕적인 선입견만 횡행한다. 이와 마찬가지로 아무 도움이 되지 않는 **미적인 편견들**도 존재한다. 이것은 뿌리가 깊고 광범위하게 퍼져 있으며 처음 얼핏 보았을 때보다 비교할 수 없이 더 해로운 것처럼 보인다. 서서히 느리게 진행되는 오성의 발달 단계는 필연적으로 편향적인 견해들을 수반한다. 이것은 진리의 고유한 특징을 포함하긴 하지만, 그 특징들은 불완전하며 본질적인 맥락에서 분리되어 있다. 그로 인해 관점이 왜곡되고 총체성이 파괴된다. 그러한 선입견은 때때로 그 시대에는 어느 정도 유효하며 국지적인 합목적성을 갖는다. 그리하여 단독으로 아름다운 작품을 완성하기에 충분한 학문이 있다는 정통적인 믿음을 통해 객관적인 것을 추구하는 경향이 유지되고 확고히 지켜졌다. 미적인 무질서 시스템은 적어도 일방적인 이론의 전제정치를 파괴하는 데 기여했다. 그러나 더 먼 미래를 향한 전진을 지체시키는 미적인 편견들은 또 있다. 이것은 비난받아 마땅할 정도로 더 위험하다. 예술을 사랑하는 사람들의 가장 성스러운 임무는 당연한 자유를 찬양하고, 자발적인 힘을 마비시키는 잘못에 맞서 가열차게 투쟁하고, 가능한 한 완전히 근절하는 것이다. 이런 오류들은 예술이 품고 있는 희망을 불가능한 것으로, 그런 희망을 향한 예술의 노력을 소용없는 것으로 간주한다.

그래서 많은 사람들이 이렇게 생각한다. "아름다운 예술은 절대로 전 인류의 소유물이 아니다. 그것은 결코 인위적인 교양의 산물이 아니다. 아름다운 예술은 그것에 유리한 자연이 무의식적으로 넘쳐흐른 결과다. 가장 유리한 기후가 만들어낸 **지역적인** 산물이다. 그것은 **일시적인 시대**이며 잠정적인 절정기, 즉 인류의 짧았던 봄이었다. 그런 때에는 현실 자체가 이미 조화롭고 아름다우며 매력적이다. 그래서 가장 평범한 민간설화조차 인위적인 첨삭이 필요 없는 매혹적인 문학이 된다. 젊음의 환상이 만들어낸 싱싱한 꽃, 강하면서도 유연한 탄력성, 좀더 건강한 감정은 거짓으로 꾸밀 수 있는 것이 아니며 일단 파괴되면 결코 다시는 치료할 수 없다. 특히 북유럽의 몹시 음울한 하늘과 고트족의 야만적인 사고방식 아래에서는, 그리고 학자인 척 아는 체하는 냉담한 사람들 사이에서는."

이런 입장은 여러 조건이 있긴 하지만, 적어도 일부 조형예술에서는 타당하다. 실제로 아름다운 조각품을 만드는 데 적절한 유기체와 유리한 기후가 주어지지 않는다면, 자유를 통해 강제로 활기를 불어넣고 최고의 교양이 있다 해도 대체될 수 없는 조건인 것처럼 보인다. 그러나 이것을 문학 분야까지 확장하는 것은 모든 경험적 지식에 비추어볼 때 부당한 일이다. 제아무리 가혹한 억압 속에서도 질식되지 않는 본능적인 열정을 지닌 위대한 음유시인과 행복한 작가들이 사방에 얼마나 많던가? 포에지는 **보편적인** 예술이다. 왜냐하면 그것의 기관인 **판타지**는 이미 비교할 수 없을 정도로 자유와 더욱 밀접한 관계에 있고, 외부의 영향으로부터 더욱 독립적이기 때문이다. 그런 까닭에 포에지와 시적인 취미는 조형예술보다 훨씬 더 타락하기 쉽지만, 또한 **무한히 더 완전해질 수 있다**. 물론 젊은이다운 싱그러운 상상력의 폭발은 자연의 귀중한 선물이자 동시에 가장 덧없는 순간이다. 독기 어린 숨을 한 번만 불어넣기만 해도 순수한 색채가 빛을 바래면서, 아름다운 꽃이 시들어 고개를 숙인다. 그러나 판타지는 이미 오랫동안 현학성에 짓눌려 무뎌지고 욕망으로 인해 느슨해지고 엉망이 되었다 하더라도 자유의 활약을 통해, 그리고 진정한 교양을 통해 다시 상상의 나래를 펼치면서 점차 완전해질 수 있다. 판타지는 힘과 열기와 탄력성에 완전히 다시 도달할 수 있다. 그러나 그해 봄에 보였던 싱그러운 색깔과 낭만적인 향기를 가을에 되찾기는 쉽지 않다.

매우 널리 알려진 또다른 편견이 있는데, 그 편견은 아름다운 예술에 있어서 그 어떤 자립적인 토대도, 그 어떤 고유의 지속성이 있다는 사실도 인정하지 않는다. 즉 아름다운 예술 특유의 차별성을 완전히 부정한다. 나는 많은 사람이 다음과 같이 목청을 높여 얘기하면, 이것이 공공연한 사실이 되지 않을까 두렵다. "포에지는 이제 청년기에 접어든 인류를 상징하는 아이의 언어일 뿐이다. 즉 포에지는 **학문의 예행연습**일 뿐이며, **인식의 껍데기**이고 본질적으로 선과 유용성에 덧붙여진 쓸데없는 덤 같은 것이다. 문화의 수준이 점점 더 높아질수록 명확한 인식의 영역, 재현의 본래 영역은 어마어마하게 넓어진다. **새벽녘 어스름**은 동트는 빛 앞에서 점점 더 줄어든다. 이제 계몽의 환한 정오가 되었다. 어린아이의 유치한 장난 같은 포에지는 철학의 세기라고 할 수 있는 우리 시대에는 더이상 바람직하지 않다. 기어이 포에지를 중단할 때가 온 것 같다."

이런 식으로 교양의 이전 단계에서 아름다운 예술을 구성하는 한 요소라고 할 수 있는 일시적인 상태를 아름다운 예술의 본질 자체와 혼동했다. 인간적인 본성이 존재하는 한, 재현에 대한 충동은 꿈틀거리고 아름다움에 대한 요구는 지속될 것이다. 인간의 필연적인 성향은 그것을 자유롭게 계발할 수 있게 되자마자, 아름다운 예술을 만들어내야만 한다. 그렇기 때문에 그런 성향은 **영원하다**. 예술은 인간 감정의 아주 고유한 활동으로 다른 모든 행위와 **영원한 경계선**을 통해 구별된다. 인간의 모든 행위와 고통은 마음과 자연 공통의 상호작용이다. 그래서 마음이나 감정 둘 중에 하나는 공동 산물을 존재하게끔 만드는 궁극적인 토대이거나, 공동 산물을 만들어낸 결정적인 최초의 자극제

임에 틀림없다. 후자(자연)인 경우, 그 결과는 인식이다. 가공하지 않은 소재가 갖고 있는 특징은 파악된 다양성의 특징을 결정한다. 그래서 이런 다양성을 일정한 통일성과 연결시키고, 일정한 방향 속에서 그 연결을 계속 이어나가서 완전성에 이르도록 보완하려는 마음을 불러일으킨다. 인식이란 마음속에 자연이 미친 영향이다. 이에 반해 두번째 경우에 자유로운 능력은 스스로 일정한 방향을 제시해야만 한다. 그리고 선택된 통일성의 특징은, 선택할 수 있는 다양성의 특징을 결정한다. 이 다양성은 목적에 따라 선택되어 체계화되고 발전한다. 그 결과물이 예술작품이며 그것은 마음이 자연에 미친 영향이다. 인간과 간접적으로만 연결된 외적 자연이라는 소재를 가지고 영원한 인간적인 목적을 실현하는 모든 것이 재현예술에 속한다. 이 소재가 바닥날까, 혹은 영원한 목적이 인간의 목적이기를 그만둘까 걱정해서는 안 된다. 아름다움 역시 영원한 경계선을 통해서 인간적인 목표 바깥의 모든 부분과 구별된다. 순수한 인류(인간 종족의 완전한 규정을 뜻한다)는 부분으로 나눌 수 없는 오로지 동일한 것이다. 그러나 순수한 인류를 현실에 적용하면 원초적인 능력과 상황의 영원한 차이에 따라서, 그리고 이것을 요구한 특수한 기관에 따라서 여러 방향으로 갈라진다. 여기에서 감정의 능력이 상상의 능력뿐만 아니라 욕망의 능력과 본질적으로 다르다는 사실을 전제해도 된다면, 자연법칙의 강제와 욕구의 강제 사이의 중간 상태, 자유로운 유희의 상태, 그리고 아무것도 정해져 있지 않은 인간 본성이, 복종할 수밖에 없는 노동 상황처럼, 그리고 편협한 정확성의 상황처럼 불가피하다는 사실을 전제해도 된다면, 아름다움이라는 것 역시 이런 방향들 중 하나다. 그리고 인간 종족—말하자면 전 인류뿐만 아니라 그것의 부수적인 형태—은 인간적 과제의 원초적인 요소와 **본질적으로 구분된다**고 말할 수 있을 것이다.

그러나 예술적 소질과 아름다움의 계명은 형이하학적으로나 도덕적으로나 필수적일 뿐만 아니라, 아름다운 예술의 **기관**들은 그것의 영속성을 약속한다. 그렇지만 **가상**이 인간의 동반자라는 사실을 입증할 필요는 없지 않을까? 여하튼 계몽의 빛은 약점과 실수와 욕구의 가상을 파괴할지도 모른다. 유희하는 상상력이 보여주는 **자유로운** 가상은 그런 것에 시달리지 않을 것이다. 단지 재현과 현상이라는 일반적인 요구에 형상화라는 특별한 양식을 전가하지 말아야 한다. 또는 야생의 원시인이 무시무시한 열정을 강압적으로 발산하는 것을 포에지의 본질과 혼동하지 말아야 한다. 인위적인 교양의 **중간 정도 수준에서** 골똘한 사색과 박식함이 가벼운 상상력의 유희를 마비시키고 억누르며, 섬세함과 과도한 유약함이 감정을 마모시키고 약화시킨다는 것은 매우 당연하고 명백하다. 불완전한 예술의 강제를 통해 충동의 힘은 무뎌지고 활력은 억제당할 것이며, 충동의 단순한 움직임은 뿔뿔이 흩어져서 혼란스러워진다. 그러나 인간의 내면 속에서 감성과 정신은 너무 얽혀 있어서, 일시적이기는 하지만, 그 발전과 개발이 이 단계에서만 분리될 수 있다. 감성과 정신은 전체적으로 동일한 보폭을 유지할 것이다. 그래서 가장 뒤떨어진 부분이 늦든 빠르든 부족한 것을 따라잡을 것이다. 사실상 진정으로 정신적인 교양의 수준을 높여가면서, 인간은 감정의 강도와 예민함에 있어서, 말하자면 진정으로 미학적인 생명력에 있어서 잃는 것보다 얻는 것이 더 많은 듯싶다.

이탈리아와 프랑스 포에지, 그리고 영국과 독일 포에지조차도 이미 **황금시대**를 지났다는 사실을 사람들한테 어떻게 설득할 수 있을지 모르겠다. 군주의 후원, 유명한 작가의 숫자와 남다른 열의를 가진 청중들, 그리고 부차적인 영역까지 최정상에 오른 분위기가 황금시대의 필요 요건인 것처럼 이 명칭이 너무 남용되었다. 불행하게도 은의 시대와 철기 시대, 납의 시대는 온 힘을 다해 영원한 모범을 본받는 것이 허사가 될 수밖에 없는 슬픈 운명이었다. 양식Stil은 찾아볼 수 없고 기교Manier만 있는 곳에서 **완전한 양식**에 대한 질문을 던질 수 있을까? 엄밀하게 말해서 근대 예술작품이라고 할 수 있는 것은 단 하나도 찾아볼 수 없는데, 하물며 포에지의 시대라고 해도 미적인 **완성**의 정점에 도달할 수 있을까? 여기에 암묵적으로 전제된 근거는 식물이나 동물이 태어나서 서서히 성장하고 여물고 성숙했다가 다시 하향곡선을 그리다가 결국 스러져가듯이, 즉 영원한 순환 속에서 결국 처음에 출발했던 곳으로 다시 돌아가듯이, 미적인 교양의 운명 역시 마찬가지라는 사실이다. 이러한 전제는 아주 단순한 오해에서 기인한다. 우리는 이러한 단순한 오해의 깊은 뿌리를 다음에서 다룰 것이다.

유럽의 민족 체제처럼 인위적으로 조직된 거대한 집단이 발전해가는 과정에서 교양이 부분적으로 정체되거나 겉으로 보기에 퇴보하는 일이 이상하게 여겨지지는 않는다. 그렇지만 파국을 경험했고, 그래서 미적인 힘을 영원히 잃었다고 확고하게 믿는 곳에서조차 정신적 발전의 드라마가 완전히 끝났다고 보기에는 아직 이르다. 오히려 그 속에서도 미적인 힘은 잿더미 속 작은 불씨처럼 반짝이면서 활활 타오르기 위해 좋은 순간을 기다리는 것처럼 보인다. 우리 시대에 얼마나 도처에서 객관성에 대한 욕구가 꿈틀대는지 정말로 놀랍다. 또한 아름다움에 대한 믿음도 다시 깨어나고 있고 취미의 개선을 보여주는 뚜렷한 징후들이 나타나고 있으니 놀라운 일이 아닐 수 없다. 실로 지금이 미적인 혁명을 위해 성숙한 순간인 것처럼 보인다. 객관성은 미적 혁명을 통해 근대의 지배적 교양이 될 수 있다. 물론 위대한 일이 어떤 힘이나 결단 없이 저절로 일어나는 법이란 없다! 가만히 팔짱을 끼고 서서 시대의 취미에 근본적인 개선이 필요하지 않다고 말한다면, 이것은 아마 자아비판을 해야 하는 잘못일 것이다. 일반적으로 객관성이 지배적이 되지 않는 한, 그러한 필요는 자명한 사실이다. 흥미로운 것, 특징적인 것과 기교적인 것의 지배는 아름다운 문학에서 진정한 **미적인 타율성**Heteronomie이다. 근대 포에지 전체의 무정부적인 혼돈 속에 아름다운 예술의 모든 요소가 존재하듯이, 그 혼돈 속에는 또한 미적인 타락의 대립적인 요소들, 즉 기교와 조야함, 법을 비웃는 모독과 동시에 힘없고 초라한 모습이 발견된다. 나는 이미 완벽한 무능력과 구제할 길 없는 타락이라는 주장에 대해서 분명하게 반대 입장을 표명했다. 또한 우리 시대 미적 교양의 높이와 미적인 힘의 견고함을 인정했다. 단지 진정한 방향만, 올바른 분위기만 결여되어 있다. 개별 작품의 우수성은 진정한 방향과 올바른 분위기를 통해서만, 그런 것과 함께해야만 완전한 가치를 얻고 진정한 본래의 의미를 얻게 될 것이다. 탁월한 개별 작품들이 본래의 맥락을 벗어나면 극도의 해를 입기가 매우 쉽다. 그것을 위해서는 혁명이라는 총체적이고 근본적인 변화가, 완전한 변혁이 필요하다.

미적인 교양은 이중적인 특징을 가지고 있다. 하나는 **발전 과정이 점진적**이라는 점이다. 영역이 확대되고 감각이 예리해지며 정련된다. 천부적인 소질에 생기를 불어넣고 강해지고 한 차원 높아진다. 다른 하나는 힘에 질서를 부여하는 **절대적인 규율**이다. 이것은 개개의 아름다움 사이의 분쟁을 지양하고 총체성의 필요에 따라 합일을 요구한다. 따라서 엄격한 정확성과 균형 및 완전성을 제공한다. 그리고 미의 원천적인 경계선이 뒤섞이는 것을 금하고, 모든 미적인 타율성처럼 기교적인 것을 추방한다. 한마디로 이런 규율의 업적은 바로 객관성이다.

미적 혁명의 가능성을 위한 잠정적인 조건으로 두 개의 계율이 꼭 필요하다. 그 첫번째가 **미적인 힘**이다. 예술가의 천재성뿐만 아니라 이상적으로 재현할 수 있는, 미적인 에너지를 지닌 독창적인 힘은 습득할 수도, 대체할 수도 없다. 진정한 **전문가**는 천부적인 재능을 가지고 있다. 그것이 이미 주어져 있다면 몇 배로 계발될 수 있지만, 없다면 그 어떤 교양으로도 대체할 수 없다. 정확한 시선, 믿을 만한 안목, 고도로 섬세한 감정과 예민한 상상력은 배울 수도 가르칠 수도 없다. 그러나 이러한 가장 적합한 소질조차도 위대한 예술가가 되거나 훌륭한 전문가가 되기에는 충분하지 않다. 그런 이유 때문에 예술가와 전문가 개인들뿐만 아니라 독자 대중들에게도 요구되는 두번째 계율이 바로 **도덕성**이다. 올바른 취미란 도덕적으로 선한 마음을 발전시킨 감정이다. 이에 반해 악한 사람의 취미는 바로잡을 수 없으며, 자기 자신과 조화를 이룰 수 없다. 이런 관점에서 봤을 때, 오직 현자만이 완전한 작가이자 전문가가 될 수 있다는 스토아학파의 주장은 부당하다고 할 수 없다. 분명 인간은 감정의 다양한 힘들을 순수한 자유의지를 통해 조종하고 체계화할 능력이 있다. 또한 인간은 미적인 힘에 더 좋은 방향과 올바른 분위기를 조성해줄 수 있을 것이다. 다만 그는 그것을 **원해야만** 한다. 그것을 원하는 힘, 그것에 대한 독자적인 결심을 굽히지 않는 힘은 누구도 그에게 전달할 수 없다. 그는 자기 자신 속에서 찾아야 한다.

물론 대지垈地만으로는 건물을 짓지 못하듯이 순수하고 선한 의지만으로는 충분하지 못하다. 자기 자신과 하나가 되지 못한, 타락한 힘은 비판과 검열이 필요하고 비판과 검열은 **규율**을 전제로 한다. 완전한 미적인 규율이 미적 혁명의 첫번째 **기관**일 것이다. 미적인 규율의 사명은 맹목적인 힘을 조율하고 서로 싸우는 것들을 조화롭게 만들고 무법적인 것을 화합에 이르도록 하는 것이다. 다시 말해 미적인 교양에 단단한 토대와 확실한 방향, 합법칙적인 분위기를 나누어주는 것이다. 그러나 우리가 근대 미적인 교양의 **규율적인 힘**을 오랫동안 찾아 헤맬 필요는 없다. 이미 확립되어 있다. 그것은 다름아닌 이론인데, 애당초 오성이 이러한 교양을 주도하는 원리이기 때문이다. 그런데 전도된 개념들이 오랫동안 예술을 지배하면서 예술을 잘못된 길로 인도했다. 따라서 올바른 개념들이 예술을 다시 제 궤도에 올려놓아야만 한다. 이전부터 근대의 예술가도, 독자들도 이론에 대해 질책과 흡족한 법칙을 기대하고 요구했다. 그러나 완전한 미적 이론은 교양의 믿을 만한 안내자다. 그뿐만 아니라 해로운 편견을 제거함으로서 미적인 힘을 수많은 족쇄로부터 자유롭게 만들고 그 길에 놓인 가시덤불을 치워줄 것이다. 그러나 미적인 이론의 법칙은 다수 여론에 의해 인정받고 승인받는 한에서만 진정한 권위를 갖는다. 보편타당한 진리를 추구하는 것이 시대의 특징이라면, 수사학적인 기교를 통해 얻은 피상적인 진리는 오래가지 못한다. 일방적인 거짓말은 서로를 파괴한다. 그리고 해묵은 편견들은 저절로 무너진다. 따라서 이론은 자기 자신과의 완전하고 자유로운 합일을 통해서만 미적인 법칙에 가장 완벽하고 효과적인 명성을 얻게 함으로써, 예술 영역에 실질적인 힘을 가져다줄 수 있다. 이론은 오로지 객관성을 통해서만 자신의 사명을 이룰 수 있다.

하지만 우리가 지금까지 찬양할 수 있는 것 이상의 객관적인 미학 이론이 있다고 가정해보자. 오직 순수한 학문만이 경험의 구조를 결정한다. 경험은 직관의 내용을 담는 서랍이라고 할 수 있으며, 학문이라는 것은 원래 공허하다. 경험 자체가 어떤 의미나 목적이 없는 혼란스러운 것이다. 그리고 역사적 발전과의 관련 속에서만 학문은 예술과 예술 양식의 특징을 완전하게 가르친다. 따라서 학문은 예술의 경험을 필요로 한다. 학문 양식의 전적으로 완벽한 예, 즉 **있는 그대로의 예술 그 자체**의 경험을 말이다. 이런 꾸밈없는 예술의 특별한 역사가 바로 **예술의 보편적인 자연사**라고 할 수 있다. 게다가 철학자가 아무런 손상 없이 순수하고 깨끗하게 학문 연구에 도달하는 것이 아니다. 그는 왜곡된 경험의 영향에 전염되어 있다. 순수한 추상 영역을 연구할 때조차도 선입견 때문에 철저히 잘못된 방향을 제시하고 만다. 무엇보다 솔직한 열정에도 불구하고 이런 강한 선입견을 일거에 내려놓는다는 것은 능력 밖의 일이다. 왜냐하면 그런 오류의 근거를 파악하고 그런 방식으로 연구를 진행하는 것이 얼마나 잘못된 것인지 인식하기 위해서는, 그가 먼저 순수한 진리를 포착하고 있어야 하기 때문이다. 그런 까닭에 철학자는 이중의 이유에서 **완전한 직관**을 필요로 한다. 한편으로는 자신의 개념을 위한 사례와 전거로서, 다른 한편으로는 연구를 위한 사실과 문서로서다.

그러나 이론과 실천 사이, 법칙과 개별적인 행위 사이의 틈은 매우 크다. 예술가가 올바른 취미와 완전한 양식에 대한 단순한 개념을 가지고 궁극의 아름다움을 예술작품으로 만들어내는 것은 매우 쉬운 일일 것이다. 법칙이 **경향**이 되어야만 한다. 삶은 오직 삶으로부터 나온다. 힘이 힘을 불러온다. 순수한 법칙은 공허하다. 그것을 **채우려면**, 그리고 법칙을 실제로 적용할 수 있으려면, 최고의 **미적인 원형**이라고 할 수 있는 직관이 필요하다.

직관 속에서 균형 잡힌 완전성을 지닌 법칙이 모습을 드러낼 것이다.

자기 자신을 독창적인 예술가로 여기는 모든 사람에게 "모방"은 명칭 자체부터 이미 모욕적이며 낙인으로 간주될 수 있다. 말하자면 모방이라는 말을 강력하고 위대한 자연이 무기력한 인간에게 가하는 폭력으로 이해한다. 그렇지만 나는 보편타당한 정신의 껍데기, 외적인 형상이 드러내는 특징에 국한되지 않고 그 원형의 합법칙성을 체득한 사람의 행위에 대해 **모방**이라는 말 외에 그 어떤 표현도 알지 못한다. 이런 모방이 높은 자립성 없이는 절대 불가능하다는 것은 자명하다. 아름다움은 전문가가 예술가를 접촉하는 통로이자 예술가가 신성을 접촉하는 통로다. 나는 이러한 **아름다움의 전달**을 자석이 철을 끌어당길 뿐만 아니라 접촉을 통해서 자석의 힘이 철에 전달되는 것에 비유하고 싶다.

그런데 신성이 이 지상의 형상으로 바뀔까? 유한한 것이 완전해지고 유한한 것이 완성되고 개별적인 것이 보편타당해질 수 있을까? 예술이라고 불릴 가치가 있는 예술이 사람들 사이에 존재할까? 영원의 법칙을 눈앞에 보여주는, 유한한 작품이 있을까?

뮤즈는 재판관의 위엄으로 시간의 책을, 민족들의 회합을 굽어본다. 뮤즈의 엄격한 시선은 오직 야만과 기교, 결핍과 방탕이 끊임없이 교체되는 현장을 찾아낸다. 뮤즈는 천진난만한 아이 같은 매혹적인 유희를 바라보며 미소를 짓기도 하지만, 마음이

동하지 않는 듯 사뭇 진지한 표정이다.

아름다운 예술이 추구하는 고귀한 가치에 부합하는 민족은 단 하나뿐이다.

오직 그리스인에게만 예술은 욕구의 통제와 오성의 지배로부터 늘 똑같이 자유로웠다. 그리고 그리스 교양의 첫 시작에서부터 진정한 그리스 정신이 살아 있던 마지막 순간에 이르기까지 그리스인에게 아름다운 유희는 신성했다.

아름다운 유희의 성스러움과 재현예술의 자유로움이 참된 그리스 정신의 고유한 징표다. 이에 반해 모든 야만인에게 아름다움이라는 것은 그 자체로 충분히 좋은 것이 아니다. 목적 없는 유희의 무조건적인 합목적성에 대해 이해하지 못한 채, 야만인에게 아름다움은 미美 외적인 것의 도움, 외부의 추천을 필요로 한다. 개화된 비非그리스인에게나, 야만적인 비그리스인에게나 예술은 그저 감성이나 이성의 노예일 뿐이다. 그들에게 재현이라는 것은 특이하고 풍부하며 새롭고 기이한 내용만, 관능적인 소재만 중요하고 흥미롭게 느껴진다.

3.
그리스 시예술에 나타난 미의 이상[1]

자연의 후견을 받던 교양의 첫 단계는 균형 잡힌 완전함과 가장 이상적인 조화가 지배했다. 그 시절 **그리스 포에지**는 일방적인 방향이나 과도한 이탈 없이 인간 본성 전체를 아우를 수 있었다. 그리스 포에지는 튼튼하게 성장하여 곧 자립했고 자연과의 싸움에서 감정이 결정적인 우위를 차지하는 단계에 이르렀다. 그것을 통해 그리스 포에지의 황금시대는 이상성(예술의 완전한 자기규정)의 최고 정점에, 자연적 교양에서만 가능한 미의 최고 정점에 도달했다. 그리스 포에지의 특징은 보편적인 인간 본

1 1822년에 출간된 재판의 본문 첫 부분에는 다음과 같은 각주가 달려 있다. "3. 그리스 시예술작품에 나타난 미의 이상에 대한 짧은 개요, 그리고 고전적 완전성에 대하여. 최초의 자연발아에서 쇠퇴하기 시작한 후기까지—고대 문화의 모든 단계를 통과하여 전체적인 발전 과정과 순환. 그리고 궁극의 아름다움의 정점이 어떻게 비극 예술을 완성에 이르게 되었는가." 이에 근거하여 소제목을 붙였다.

성의 가장 강력하고 풍부한 표현이며 가장 확실하고 단순하면서도 가장 완전한 표현이다. 그리스 시예술의 역사는 시예술의 보편적인 자연사다. 따라서 완전하고 규율적인 직관이다.

그리스에서 아름다움은 인위적인 보호 없이 말 그대로 야생적으로 자랐다. 행복한 하늘 아래서 재현예술은 학습을 통해 습득한 재주가 아니라 원초적인 본성이었다. 그리스 교양은 가장 적합한 소질을 가장 자유롭게 발전시킨 결과물이다. 그리스 포에지는 있는 그대로의 가장 거칠고 단순한 것에서부터 출발했다. 그러나 이러한 보잘것없는 기원이 그리스 포에지를 모욕하지는 않는다. 그리스 포에지의 가장 오래된 특징은 소박하고 수수하며 타락하지도 않았다. 이민족의 특성을 잘못 모방하지도 않았고 맥 빠진 몽상도, 극복하기 어려운 고정된 편파성도 찾을 수 없다. 전도된 개념들의 전횡이 자유로운 자연의 성장을 막을 수 없었고 자연의 조화를 깨뜨리고 파괴할 수도 없다. 또한 자연의 소박함은 위조할 수 없으며 교양의 진행과 방향을 억제할 수도 없다. 그리스 포에지는 초기 단계에서부터, 비슷한 유아적인 문화 단계에 있던 다른 민족의 포에지는 무언가 달랐다. 오리엔트의 과장과 북구의 우수로부터도 멀찌감치 떨어져 있었다. 그러나 단단하진 않지만 힘이 넘치고 우아하되 연약하지 않다. 그리스 포에지는 순수하게 인간적이며 본래의 자유로운 성향에 근거한 보편적인 법칙에 충실하다는 점에서 구별된다. 그리스 포에지는 초기에 이미 우연적인 것이 아니라 본질적이고 필연적인 것을 묘사하고 개별적인 것이 아니라 보편적인 것을 추구해야 한다는 고귀한 사명을 스스로 선언했다. 또한 문학적인 재능의 모든 자유로운 발달 과정이 그렇듯이 신화에 기원을 두었다. 그리스 포에지는 발달의 첫 시기에 아름다운 예술과 전설 사이에서 흔들렸다. 그리스 포에지는 전통과 창작, 비유적인 교리 및 역사와 자유로운 유희의 불분명한 혼합물이었다. 그런데 전설은 대체 어떤 전설이었을까? 그리스신화보다 더 기지가 넘치거나 도덕적인 전설은 없었다. 인간의 감정은 갖가지 영원한 소망을 담고 있다. 그리스신화는—가장 선명한 거울에 비친 가장 충실한 복제품처럼—놀라우면서도 필연적으로 모순적인 인간의 감정을 가장 명확하고 예민하게 비유적으로 표현한 언어다. 순진무구한 아이의 감성과 이성의 가장 아름다운 예감으로 이루어진 작지만 완성된 세계다. 시와 노래와 춤, 흥겨운 만남, 이러한 축제 같은 즐거움이 인간과 신들을 이어주는 공동체의 소중한 끈이었다. 또한 그리스 전설과 관습, 무엇보다 축제의 의미와 그들이 숭배했던 대상은 진정으로 신성한 것이었다. 그것이 바로 가장 순수한 인류였다. 그리스인들은 가장 기분좋은 형상들을 통해 넉넉함과 풍요로움, 독립적인 힘과 합법칙적인 조화를 숭배했다.

자연은 예술을 위해 선택된 민족을 위해 가장 좋은 상황들의 절묘한 융합이라는 극단적인 해택을 베풀었다. 인간의 교양은 첫 자극을 받은 직후, 그리고 더 나은 돌봄을 받지 못하고 운명과의 힘겨운 투쟁을 견딜 수 없는 시기에는 또다시 자신의 허약함과 모든 불리한 우연에 희생되는 일이 종종 있다. 정말 어떤 민족이 유리한 환경을 통해 힘겹게나마 일방적인 교양의 의미 있는 수준에 도달할 수 있을 때, 행운이라고 말할 수 있다. 보통 교양의 최고 단계에서도 갈라지거나 개별적으로 존재하는 것을 그리스인들은 첫 단계에서부터 완전히 통합하고 포괄했다. 호메로스의 디오메데스[2]의 감정 속에서 모든 힘들이 균형을 이루고 가장 아름다운 조화와 완벽한 평온을 이루며 서로 합일했던 것처럼, 그리스에서 전 인류가 균형적이고 완전하게 발전해갔다. 이미 신화 예술의 영웅시대에 그리스의 자연 포에지는 가장 고결한 북구와 가장 섬세한 남구 자연 포에지의 가장 아름다운 전성기를 통합하고 있다. 그래서 그 자체로 가장 완전한 자연 포에지다.

많은 사람이 호메로스를 좋아하지만, 호메로스의 아름다움을 완전히 파악하는 사람은 단지 소수에 지나지 않는다. 많은 여행자가 고향에서 얻을 수 있는 것을 아주 먼 곳에서 찾는 것처럼, 사람들은 종종 북구나 남부 야만족 출신 시인들 중의 일인자, 그중에서도 호메로스와 견줄 만한 훌륭한 작가일 경우에만 호메로스에게 경탄한다. 그러나 호메로스가 어떤 점에서 탁월한 인물인지에 대해서는 언급하지 않고 철저히 무시하는 경우가 많다. 믿을 만한 진실, 원시적인 힘, 소박한 기품, 자연스러운 매력은 그리스의 음유시인이 아마도 인도나 켈트족의 이러저러한 음유시인들과 공유하는 특징들이다. 그러나 호메로스의 문학에는 이 그리스 시인에게만 고유한 다른 특징들이 있다.

그러한 특징 중의 하나가 바로 인간의 본성을 총체적으로 바

2 오디세우스와 함께 호메로스의 『일리아스』에 등장하는 위대한 영웅 중 한 명이다.

라보는 호메로스 관점의 **완전성**이다. 이것은 가장 적절한 **대칭**과 완전한 **균형**을 유지하면서, 빗나간 재능의 일방적인 제한과 인위적인 기형으로 인한 부조리와는 아주 거리가 멀다. 총체적인 인간 본성 자체와 마찬가지로 호메로스 문학의 **범위**도 무제한이다. 매우 다양한 방향들이 보여준 최종 결과물은 이미 보편적인 본성 속에 그 원초적인 싹이 숨어 있다고 할 수 있다. 그런데 그것들조차 여기 호메로스의 문학 속에서는 천진난만한 어린아이의 놀이처럼 서로 다정하게 어울린다. 호메로스의 밝고 순수한 표현은 압도적인 폭력을 내면의 고요함과 가장 날카로운 명확성을 가장 부드럽고 유연한 윤곽과 합일시킨다.

호메로스 영웅들의 도덕 속에는 힘과 우아함이 균형을 이룬다. 그들은 강인하되 거칠지 않고 온화하되 활기를 잃지 않으며 명석하되 냉담하지 않다. 몹시 분노한 **아킬레우스**는 싸우는 사자보다 더 무섭다. 그럼에도 그는 사랑하는 어머니의 한결같은 품속에서 흐르는, 찢어지는 슬픔의 눈물을 안다. 아킬레우스는 달콤한 노래에서 얻는 편안한 즐거움을 통해 외로움을 달랜다. 그는 땅이 꺼질 듯 한숨을 내쉬며 자신의 실수를, 거만한 왕의 고집스러운 만행과 젊은 영웅의 성마른 분노로 촉발된 끔찍한 재앙을 되돌아본다. 형언할 수 없이 참담한 심정으로 사랑하는 친구의 무덤에 머리카락을 잘라 바친다. 아킬레우스는 자신 때문에 불행에 처한 적장의 아버지(아킬레우스가 죽인 헥토르의 아버지), 충분히 존경받을 만한 노인을 부둥켜안고 격정의 눈물을 흘리며 무너져내린다. 아킬레우스 같은 인물은 북유럽이나 남유럽 호메로스의 상상 속에서도 가능했을 것이다. 그렇지만 좀더 섬세하게 특징을 묘사하는 것은 그리스인 호메로스만 가능했다. 오직 그리스인 호메로스만이 젊은 사자의 엄청난 탄력과 타버릴 듯한 매력을 풍부한 사유, 도덕, 감정과 하나로 통일하여 융합시켰다. 전쟁터에서조차, 분노에 마음을 온전히 사로잡혀 간청하는 젊은 원수를 냉담하게 쓰러뜨려 심장을 도려내는 순간조차 그는 인간적이고 매력적이기까지 하다. 그리고 마음을 움직이는 매력적인 시선을 통해 우리와 화해한다.[3] 그렇지만 디오메데스 캐릭터는 첫 구성단계에서부터 전적으로 그리스적이다. 조용하면서도 위엄 있고, 겸손하면서도 완벽한 그의 성품 속에 작가 자신의 평온한 정신이 가장 뚜렷하고 순수하게 반영되어 있다.

작가 자신뿐만 아니라 호메로스의 주인공들이 모든 비그리스 영웅이나 시인과 다른 점은 좀더 자유로운 인간성이라고 할 수 있다. 호메로스의 주인공들은 어떤 특정한 상황에서든, 어떤 고유한 기질을 가지고 있든 전후 맥락이 허락하는 한 많이, 때묻지 않은 감성을 지닌 유년 시절에나 가능한 도덕적인 아름다움을 추구한다. 호메로스의 문학은 도덕적인 힘과 풍요로움이 지배한다. 도덕적인 통일성과 한결같은 성격은 그것들이 어디서 발견되든, 감정의 독자적인 산물이 아니라 그것을 빚은 자연의 적절한 산물일 뿐이다. 하지만 강력한 힘들과 감각적인 즐거움만이 호메로스의 감정을 일깨우고 사로잡는 것은 아니다. 특히 『오디세이

3 [원주] 『일리아스』 21장.

아』에서 온화한 가정의 겸손한 매력, 예컨대 시민적 감각의 시작과 교양 있는 사교의 첫 태동은 그리스 시인 호메로스의 뛰어난 장점 중에서 결코 작지 않은 부분이다.

『오디세이아』를 내용도 없고 단조로운 야만적인 기사도와 비교해보라! 로맨스문학에 등장하는 근대 기사들 속에서 영웅적 정신은 가장 별난 개념들을 통해 가장 기이한 형태와 경향으로 왜곡된 나머지, 영웅의 주체적인 삶이라는 근원적인 매력을 보여주는 흔적은 거의 남지 않았다. 여기에서는 도덕과 감정 대신 의미 없는 개념과 무감각한 편견이 발견된다. 끝없는 풍요 대신에 혼란스러운 결핍이, 팔팔한 힘 대신에 생기 없는 물질 덩어리가 발견된다. 이것을 숭고한 삶의 가장 작은 요소까지 빛나는 호메로스의 묘사와 비교해보라! 호메로스의 주인공들과 비교해보라. 그들은 영웅이라는 형상이 보여줄 수 있는 진정으로 인간적인 모습이다. 그들의 마음속에 살아 있는 모든 것은 분열되지 않으며 철저히 연결되어 있다. 생각과 노력이 가장 농밀하게 녹아 있다. 모든 부분이 가장 완전하게 조화를 이룬다. 그래서 풍부하고 충만한 자연 그대로의 원시적인 힘이 적절하게 만족스러운 총체성을 구성한다.

사람들은 감각에 몸을 맡기고, 동물적인 것에 만족하는 것 외에 예술의 또다른 사명을 인식하지 못하는 것을 종종 "관대함Schonung"이라고 부른다. 그러나 똑같은 말이지만 다른 의미도 있으니 그것은 바로, 마음에 상처를 주는 것을 피하는 것으로 도덕적인 관용sittliche Schonung이라는 표현이다. 비그리스 포에지에서 가장 섬세하고 예민한 감각을 가진 꽃들이 가장 신선한 향기를 풍기는 곳에서도, 정신이 최고도로 정련된 단계에 오른 곳에서도, 우리는 종종 어떤 무엇 때문에 매우 모욕적인 감정을 느낀다. 정말이지 이방인들의 작품은 순수한 그리스 감각을 몹시 화나게 만드는 뭔가를 가지고 있다. 이런 사람들은 아름다움의 향유가 불쾌로 인해 곧 파괴된다는 것을, 그리고 아무 맥락 없이 등장하는 악행이 작가가 범할 수 있는 가장 큰 실수라는 사실을 전혀 알지 못하는 것 같다. 사람들은 불협화음을 해결하지 않고 곡을 마무리하는 음악가를 비난한다. 그리고 전체적인 조화 없이 가장 시끄러운 불협화음이 만들어낸 마음의 소리를 듣는, 즉 섬세한 귀를 모욕하는 작가를 용서하거나 경탄하기까지 한다. 이에 반해 호메로스의 작품에서는 모든 악행이 준비되고 해결된다. 파트로클로스는 오만방자했던 젊음의 한 시절을 통해 우리를 그의 죽음과 화해시킨다. 그렇지 않았다면 몹시 분노를 불러일으킬 법한 그의 죽음이 잔잔한 감동으로 다가온다. 헥토르의 오만함은 그의 몰락을 위한 하나의 준비 과정이다. 감당할 수 없는 분노가 아킬레우스를 난폭하고 부당한 행동까지 서슴지 않는 순간까지 끌고 가지 않았다면, 우리의 감정은 친구를 잃은 그의 심정과 고통, 단명으로 끝난 영화로운 삶에 깊은 상처를 얻고 가슴 아파했을 것이다. 디오메데스의 행복, 시샘할 수 없는 명성의 순수함과 투명함은 그의 태연하고 현명하며 침착한 태도에 상응하는 것이다. 신들의 아버지가 심판의 저울 위에 놓인 전사들의 운명을 사려 깊게 측정하듯이, 호메로스는 예술가의 지혜로 주인공들의 운명을 상승시키거나 몰락시킨다. 기분이나 우연이 아니라 가장 순수한 인류의 성스러운 판단에 따라서다.

근대인에게 있어서 탁월한 독창성의 경우처럼, 그리스 포에지에서 모방할 만한 가치가 있는 것은 소수의 선택된 천재들의 특권이라고 생각하는 것만은 경계해야 한다. 한낱 개인적인 것에 불과한 것은 모방할 가치도 없을뿐더러 그것을 완전히 제 것으로 습득하는 것도 불가능하다. 왜냐하면 오직 **보편적인 것**만이 모든 시대와 사람들을 아우르는 법칙이자 원형이기 때문이다. 그리스의 아름다움은 공적인 취미의 공유재산이며 **그리스 민족 전체의 정신**이다. 예술가적인 지혜와 독창적인 재능을 거의 드러내지 않는 시조차도 동일한 정신 속에서 구상되고 초안을 잡아 탄생되었다. 호메로스와 또다른 일류 작가들의 작품에서 그런 그리스 정신의 특징을 좀더 분명하고 확실하게 읽을 수 있다. 예술가의 지혜와 독창적인 재능을 거의 보이지 않는 작품들도 그러한 측면에서 보면, 그리스 이외의 최고의 시들과 구분된다.

그리스 포에지는 정말 별나다고 할 정도로 특이한 경우가 종종 있다. 그 이유는 그리스 교양이 매우 인간적이라고 해도, 외적인 형식은 몹시 기이하게 보일 수 있기 때문이다. 그것은 아마 정신이 보편타당한 법칙을 너무 충실히 따르기 때문에 그렇게 보이는 것인지도 모른다. 이러한 **미적인 패러독스**의 대부분은 겉보기만 그럴 뿐으로, 큰 의미를 담고 있다. 사티로스의 연극, 디오니소스 제전의 열광적인 송가, 도리아인의 서정적인 합창 그리고 아테네인의 연극 합창이 그렇다. 예술과 예술 양식의 참된 본성에 대해 전혀 모르기 때문에 그러한 특징을 한낱 개인적인 것으로 간주하면서 그것의 역사적인 기원을 찾는 것에 만족했다. 게다가 역사적인 사실도 누락되었다. 예술의 필연적인 교양 법칙을 알지 못한다면, 예술의 역사 속에서 길을 잃고 헤맬 것이다. 그리고 이미 알려진 것에서 미지의 것을 추론해낼 어떤 실마리도 찾지 못할 것이다. 만약 명확한 원칙과 개념의 인도에 따라서 이런 비정상적인 현상의 특징을 완전히 분석하면, **철학적인 연역**의 결과에 놀라움을 금치 못하면서 그리스 포에지의 철저한 객관성을 여기에서도 발견할 것이다. 그리스 포에지 전체가 정확히 정해진 여러 방향으로—흡사 한 줄기에서 뻗어나온 많은 가지들처럼—갈라지고, 그로 인해 힘이 고조되는 것만큼 그리스 포에지의 범위가 매우 제한되었던 시대에서조차, 그리고 **아름다운 특성**을 본래의 대상으로 하는 서정적인 장르에서조차 그리스 포에지는 재현의 양식과 정신을 통해 객관적인 것을 향한 끊임없는 경향을 증명한다. 그 고유한 방향과 소재의 특별한 한계가 허락되는 한에서, 이런 재현은 순수하게 인간적인 것에 다가가며 개별적인 것을 보편적인 것으로 고양시키고 특이한 것 속에서 오직 보편타당한 것만을 표현한다.

그리스 포에지는 몰락했다. 깊이, 그것도 매우 깊이 몰락했고 결국 완전히 변질되었다. 하지만 **가장 극단적인 몰락 속에서도** 그리스 포에지는 결국 어떤 특정한 성격을 갖지 않을 때까지 보편타당성의 흔적이 남아 있었다. 그럴 정도로 **그리스 정신**이라는 것은 보다 고귀하고 순수한 인간성이나 다름없다! 시예술을 학습하는 시대에는 공적인 도덕도, 공적인 취미도 없었다. 알렉산드리아인의 시에는 참된 도덕도, 정신도, 삶도 담겨 있지 않다. 차갑고 생기가 없으며 빈약하고 서투르다. 완전한 유기적인 구성과 전체의 생동적인 통일성이 없이 산산이 깨진 조각들을 얼기설기 기워 만든 서툰 작품이다. 이런 작품은 아름다운 특징을 개별적으로만 가질 뿐, 완전하고 온전한 아름다움을 보여주진 않는다. 그럼에도 알렉산드리아인의 부지런한 재현은 철저한 연구로 인해 세밀하고 정확하다. 또한 부정不淨하게 주관성을 첨가하는 것으로부터 자유로우며 기형적인 혼합과 시적인 허구로 인한 기술적인 결함으로부터 완전히 벗어나 있다. 따라서 그 자체로는 비난받을 만한 양식이긴 하지만 궁극의 자연적 완전성을, 고전적인 어떤 것을 담고 있다. 이것은 그리스의 조각가가 최악의 시대에 만든 조형예술 유물이나 가장 평범한 예술가가 손으로 빚은 작품의 잔재에서 나타나는 것과 다르지 않다. 지나치게 꾸민 과장된 장식이 이 시대의 일반적인 잘못된 취미라고 할 수 있다. 미숙한 예술가의 영감처럼 작품을 제작하는 과정에서 실수는 있기 마련이다. 그러나 작품을 구상하고 기획하고 완성할 때의 정신은 적어도 완전한 이상의 흔적을 담고 있다. 이것은 모든 시대와 사람을 뛰어넘어 적용되는 법칙과 보편타당한 원형이라고 할 수 있다. 그래서 우리는 아폴로니오스에서 고전작품이 가진 매우 세세한 특징들을 아주 종종 발견하면서 고대 그리스 시예술이 예전에 간직했던 신성함을 떠올리곤 한다. 영웅 이아손의 겸손함, 큰 무리의 전사들을 이끌고 원정에 나섰을 때와 헤라클레스를 잃었을 때의 그 사려 깊은 침묵이 바로 고대 그리스 시예술의 신성함이라고 할 수 있다. 텔라몬, 헤라클레스, 이다스와 이드몬에 대한 섬세한 성격 묘사와 아모르와 가니메데스의 사랑스러운 유희도 그런 경우다. 또한 힙시필레와 메데이아의 에피소드 전체에 표현되어 있는 우아함도 마찬가지이다. 공들여 쓴 아폴로니오스 작품의 더욱 예리한 통찰력과 더 섬세하고 부드러워진 감정, 한층 더 철저해진 완성도 일례다. 그 어떤 탁월한 로마의 시인보다 우월했던 아폴로니오스 문학의 특징은 진정한 그리스 교양에 많이 남아 있는 흔적이다.

운명은 그리스인을 자연의 아들이라는 최고의 인간으로 만들었을 뿐만 아니라 어머니의 보살핌에서 벗어나지 못하도록 했다. 자립적이고 성숙해진 그리스 교양은 더이상 외부의 도움이나 지도가 필요하지 않았다. 인간은 자유가 자연을 능가하는 결정적인 한 걸음과 더불어 완전히 새로운 사물의 질서 속으로 걸어들어왔다. 발전의 새로운 단계가 시작되었다. 인간은 자기 스스로 힘을 결정하고 조종하고 체계화하며, 감정의 내적 법칙에 따라 소질을 발전시킨다. 예술의 아름다움은 자비로운 자연의 선물이 아니라 인간 고유의 작품이자 마음의 소유물이다. 정신적인 것이 감각적인 것을 압도하고, 인간은 자립적으로 취미의 방향을 결정하고 재현에 규칙을 부여한다. 인간은 이제 주어진 것을 전유하는 것이 아니라 아름다운 것을 독립적으로 창조한다. 그리고 처음으로 성숙기에 진입하면서 정확하게 규정된 방향을 통해 예술의 반경을 제한했을 때, 그로 인해 상실된 것은 응축된 힘의 높이와 내적인 강함을 통해 다시 보완되었다. 그렇지만 서사시의 시대만 해도 그리스 포에지는 다른 민족문학의 수준과 별다를 바 없었다. 서정시의 시대에는 그리스를 따라올 자가 없었다. 오직 그리스 포에지만 **자율성**을 특징으로 하는 교양의 단계에 전체적으로 도달했다. 그리스 포에지에서만 이상적인 미가 **공적인 것**이 되었다. 근대 포에지도 그러한 사례가 매우 많고, 또 훌륭했지만 개별적인 경우에 불과했다. 전체적으로 그리스 포에지에 한참 미치지 못했다. 그리고 그런 예외들조차 위조된 것이었다. 한 차원 높은 신성한 아름다움에 대한 불신이 만연해지면, 제대로 인정받지 못한 예술은 본연의 자신감을 잃게 된다. 그래서 인정을 받기 위한 투쟁은 의사소통의 즐거움을 자존심에 비인간적인 상처를 입는 것과 맞바꿀 수밖에 없으며, 그 예술을 모독하는 결과를 가져온다. 기교적인 면에서는 일찌감치 다른 민족들이 그리스인을 능가했다. 그 때문에 본질적인 교양의 측면에서 그리스의 수준을 통찰하지 못했다. 하지만 노련한 솜씨는 교양에 필연적으로 붙는 덤이자 자유의 도구일 뿐이다. 순수한 인류의 발전만이 **진정한 교양**이다. 민족 전체에 걸쳐 자유로운 인류가 압도했던 경우가 그리스 외에 또 있었던가? 그렇게 진정한 교양이 있었던가? 또 진정한 교양이 그렇게 공적이었던 곳이 어디에 있었던가? 그리스 공화주의 헌법과 윤리학의 열정과 지혜 속에서, 신화의 환상적인 질서 대신 학문의 논리적이고 체계적인 맥락 속에서, 그리스 예술 속에서 내면의 정신적인 생명력의 순수한 발전을 통해 단숨에, 말하자면 저절로 **이상**이 모습을 드러냈다. 사실 인류사 전체의 흐름 속에서 그 위대한 순간이 제공했던 것보다 더 숭고한 무대는 없었다.

자유가 일단 자연을 압도하면, 교양은 자유롭게 자기 자신에게 몰두하면서 한번 정해진 방향으로 계속 움직인다. 그리고 상승을 거듭하다가 외부의 힘에 의해 그 흐름이 저지되거나 오로지 내적인 발전을 통해 자유와 자연의 관계가 새로이 변화한다. 인간적 충동의 결합체가 교양을 움직이는 원리일 뿐만 아니라 주도하는 원리라면, 교양이 인위적이지 않고 자연적이라면, 근원적인 성향 자체가 훌륭하게 어우러진다면, 그리고 외적인 환경이 완벽하게 조성된다면, 추동하는 힘과 정신을 도야하는 인류의 모든 구성 요소가 균형적으로 발전하고 성장하며 완성된다. 전체의 하모니를 분열하고 파괴하지 않고는 더이상 상승할 수 없는 충만함의 순간에 다다를 때까지 말이다.

가장 탁월한 예술의 가장 완전한 장르라는 교양의 최고 단계가 공적인 취미의 흐름 속에서 가장 적절한 순간과 만난다면, 위대한 예술가가 유리한 운명의 덕을 본다면, 그래서 필연성이 스케치해준 흐릿한 밑그림을 가치 있게 채울 줄 안다면, 가장 유리한 소질을 가장 자유롭게 계발함으로서 도달할 수 있는 아름다운 예술의 최종 목표에 도달한다.

그리스 포에지는 정말 예술과 취미의 이러한 자연적인 교양의 궁극적인 지점에, 자유로운 아름다움의 최고 정점에 도달했다. 교양의 상태가 완성되었다고 말할 수 있을 때는 바로 내적으로 추동하는 힘이 완전히 전개되었을 때, 의도했던 것이 완전히 실현되었을 때, 전체가 모두 완벽하게 조화를 이루어서 모든 기대가 충족되었을 때다. 황금시대란 이러한 상태가 전체에 걸쳐 동시에 나타나는 시대를 뜻한다. 그리스 예술의 황금시대에 나온 작품들이 안겨주는 기쁨은 더 커질 수는 있지만, 그렇더라도 방해가 되거나 그 이상의 욕구를 느끼진 않는다. 완전하면서도 자족적이다. 나는 이렇게 높은 수준을 뜻하는 표현으로 궁극의 아름다움 외에 더 적합한 단어를 알지 못한다. 아름다운 것이란 그것을 뛰어넘어 더 아름다운 것을 생각할 수 없는, 도달할 수 없는 이념의 완전한 예라고 할 수 있다. 이를테면 완전히 가시화된 이념, 예술과 취미의 원형이다.

우리가 그리스 포에지의 최고 정점에 이르렀다고 평가할 수 있는 유일한 척도는 모든 예술의 한계에 의해 제공된다. 여기에서 이런 질문을 던질 수 있을 것이다. "그런데 왜 예술은 무한히 완성될 수 없을까? 교양이 진전되는 과정에 제한이 있는 것일까?"

예술은 무한하게 완성을 향해 다가갈 수 있으며, 예술의 끊임없는 발전으로 인해 절대적인 최고치는 가능하지 않다. 그렇지만 조건부의 상대적인 최대치, 즉 능가할 수 없는, 고정된 근사치는 가능하다. 더 정확히 말하자면 예술의 사명은 전혀 다른 두 개의 구성 요소로 이루어져 있다. 하나는 완벽하게 지킬 수 있거나 완전히 위반할 수 있는 규정된 법칙이며, 다른 하나는 모든 것이 허용되면서도 끊임없이 부가조항이 붙는, 채울 수 없는 애매모호한 요구다. 실제로 주어진 모든 힘은 더 커질 수 있으며, 유한한 현실의 모든 완전성은 무한히 성장할 수 있다. 그러나 비례의 측면에서 거의 변화가 없다. 대상의 규칙성은 증가하지도, 감소하지도 않는다. 그래서 아름다운 예술의 모든 실제 구성 요소들도 개별적으로 무한히 증가할 수 있지만, 이러한 각기 다른 요소들을 통합해놓았을 때는 상호 관계를 위한 절대적인 법칙들이 있다.

가장 일반적인 의미에서 아름다운 것은—이것은 어떤 의미에서는 숭고한 것, 엄밀한 의미의 아름다운 것, 매력적인 것을 모두 포괄한다—**선의 쾌적한 현상**이다. 개개의 모든 기질마다 기쁨도 슬픔도 넘어서면 안 되는 고정된 한계가 정해져 있는 것처럼 보인다. 신중함을 계속 유지해야 하고 열정과 쾌감의 목표가 이런 신중한 자세와 함께 사라져야만 한다면 말이다. 그러나 일반적으로, 특별한 고려가 없다면, 주어진 모든 에너지의 한도를 넘어서는 더 높은 에너지를 생각할 수 있다. 나는 절대적으로 정신적인 것의 즐거움을 베풀기 위해 혼합된 충동을 감각적으로 깨우고 자극하는 모든 것을 **에너지**라고 이해한다. 그 원동력이 되는 힘이 슬픔이나 기쁨일 수 있다. 그러나 에너지는 이상적인 예술의 수단이고 기관일 뿐이다. 말하자면 순수한 아름다움의 **물리적인 생명력**이라고 할 수 있는데, 이것은 정신적인 것의 감각적인 현상을 불러일으키고 담지한다. 마치 자유로운 감정이 오직 동물적인 조직체라는 구성 요소 안에서만 경험적으로 존재할 수 있는 것처럼 말이다. 똑같은 방법으로 모든 특별한 감수성에는 **특정한 지각 영역**이 있다. 내가 생각하기에, 그것은 너무 가까운 것과 아주 먼 것 사이의 한가운데에 있다. 하지만 본래 정신적인 것의 현현顯現은 더욱더 생생해지고, 더욱더 명백하고 또렷해질 수 있다. 정신적인 것의 현현이 겉으로 드러나는 수준에 머물러 있다면, 자신의 목표에 도달하지는 못하더라도 무한히 완성될 수 있다. 그렇지 않으면 개별자 속에서 현현해야만 하는 보편자가 개별자로 스스로 변할 수밖에 없기 때문이다. 이것은 불가능한 일이다. 왜냐하면 보편자와 개별자는 무한한 틈을 통해 분리되어 있기 때문이다. 다른 한편 현실의 모방 역시 끝없이 완성될 수 있다. 그 이유는 각각의 개별자가 고갈되지 않을 정도로 풍부하고, 모사가 절대로 원형으로 전환될 수는 없기 때문이다. 나는 다음의 사실을 자명하게 추정할 수 있다. 즉 **선** 또는 당위적인 것은 자유로운 충동의 순수한 대상이며, 이론적인 능력이 아니라 실천적인 명령으로서의 순수한 자아다. 그리고 인식, 도덕, 아름다움이라는 유형으로 나뉘는 장르다. 동시에 다양성, 통일성, 전체성으로 구성된다. 또한 선은 현실에서는 제한적으로만 존재할 수 있다. 왜냐하면 여러 가지 요소로 구성된 인간은 이질적인 것들로 뒤섞인 삶 속에서 자신의 순수한 본성에 완전히 도달하지 못한 채, 그저 끝없이 다가갈 수밖에 없기 때문이다.

그래서 아름다움의 이 모든 구성 요소는—매력, 가상, 선—무한하게 완성 가능하다. 하지만 이런 구성 요소의 상호 관계에는 불변의 법칙이 있다. 감각적인 것은 아름다운 것의 수단일 뿐 예술의 목표가 되어서는 안 된다. 그러나 교양의 초기 단계에서 타락하지 않은 감각이 우세하다면, **풍부함**이 작가의 목적이 된다. 자발성에 있어서는, 그것이 서서히 계발될 수밖에 없고 자연의 후견 아래에서만 자립적인 자기규정의 단계에 도달할 수 있다는 이유로 비난을 받아서는 안 된다. 호메로스 같은 작가의 감성이 법칙 위반을 야기하는 것이 아니라, 사실은 법칙이라는 것이 존재하지 않는다. 그러나 예술이 지금까지 합법칙적이었지만 앞으로는 그렇지 않다면, 다시 풍요로움이 지배할 것이다. 다만 전혀 다른 방식으로 말이다. 이를테면 이제는 타락하지 않은 감각은 없고 도를 넘어서는 무절제와 **무법의 탐닉**이 지배한다. 아름다움의 세 구성 요소인 다양성, 통일성, 총체성은 순수한 인간이 세상에서 현실적인 존재에 이를 수 있는 여러 양식이며, 감정과 자연의 다양한 접점 외에 다른 아무것도 아니다. 자세히 살펴보면, 세 구성 요소는 모두 동일한 세 개의 가치를 가지고 있다. 말하자면 세 구성 요소 모두 각각 절대적이고 무한한 가치를 갖고 있다. 심지어 **풍요로움**조차 **신성하다**. 그래서 모든 요소들이 통합될 경우에는 질서의 법칙에 **자유롭게** 복종해야 한다. 왜냐하면 **다양성**은 종종 혼동되는 야만적인 재료가 아니며, 이미 삶의 첫 형식이기 때문이다. 세 구성 요소의 동등한 권리가 질서로 인해 지양되어서는 안 된다. 그렇지만 **아름다움의 구성요소가 통합되어 있을 때 관계의 법칙**은 확고부동하게 규정되어 있다. 따라서 다양성이 아니라 총체성이 모든 완전한 아름다움을 규정하는 첫번째 근거이고 궁극적인 목표가 되어야 한다. 심성은 소재와 열정을, 정신은 매력을 압도해야만 한다. 반대로 삶을 일깨우고 감각을 자극하기 위해 정신이 **사용**되어서는 안 된다. 훨씬 적은 비용으로 달성할 수 있는 하나의 목표! **양식**은 미나 취미의 독창적이고 필수적인 구성 요소들이 맺는 지속적인 관계를 의미한다. **완벽한 양식**은 이러한 관계에서 필수적인 법칙을 기꺼이 준수하는 예술작품과 시대에 동반되는 것이다.

모든 취미에 맞는 절대적인 미학 법칙 외에도, 모든 재현예술die darstellende kunst에는 절대적인 **기술** 법칙 두 가지가 있다. 재현예술은 있을 법한 일과 현실이 뒤섞여 있다. 이러한 예술의 구성 요소는 보편적인 것의 구체화와 개성적인 것의 모방이다. 자유로운 재현예술의 목표는 무제한적이다. 개성이 목적 자체가 되어서는 안 된다(주관성). 그렇지 않으면, 자유로운 예술은 육체적인 욕구나 오성의 개별적인 목적에 봉사하는 능수능란한 모방에 그치고 말 것이다. 그렇지만 도구는 전적으로 필수적인 것으로, 적어도 목적을 위해 자유롭게 사용되는 것처럼 보여야만 한다. **객관성**은 자유로운 재현에서 보편성과 개별성의 합법칙적인 관계를 위한 가장 적절한 표현이다. 게다가 모든 개성적인 예술작품은 결코 현실의 법칙에 묶여 있지 않다. 물론 **내적 가능성의 법칙**에 의해 제한을 받긴 하지만 말이다. 예술작품은 자기모순을 초래해서는 안 되며 자기 자신과 완전히 합일해야만 한다. 이러한 **기술적인 정확성**은—나는 "진리"보다는 정확성이라는 말을 쓸 것이다. 그것은 "진리"라는 단어가 현실을 너무 지나칠 정도로 상기시키고, 개성을 모방하는 노예적인 예술가들의 신념Kopistentreue에 의해 남용되는 일이 너무 자주 있기 때문이다—충돌이 일어나는 경우에 아름다움을 스스로 지배해서는 안 되지만 제한할 수는 있다. 왜냐하면 예술작품의 첫 조건이 바로 기술적인 정확성이기 때문이다. 내적인 합일이 이루어지지 않는다면, 재현은 저절로 지양될 것이며, 따라서 목표(아름다움)에도 이르지 못할 것이다. 완전한 아름다움의 총체성이 이미 분열되고 해체될 때에만, 도를 넘은 풍부함이 취미를 지배할 때에만, 비례의 균형과 이러한 풍요의 대칭 관계가 깨질 것이다.

유약한 사람은 과도한 탐닉을 억제하는 데 대단한 절제력이 필요하지 않다. 그래서 활력이 부족한 곳에서, 합법칙성은 어떤 특별한 업적이라고 할 수 없다. 완전한 양식을 갖춘, 흠잡을 데 없이 정확한 한 편의 시詩도 정신과 생명이 깃들어 있지 않다면, 아무런 가치도 없는 빈약한 작품에 지나지 않는다. 그러나 완전한 합법칙성을 지닌 시 한 편이 인간적인 예술가한테만 기대할 수 있는 최고의 활력까지 거머쥐었다 하더라도, 마치 도리스인의 서정시처럼 그 범주가 전체적이지 않고 아름답긴 하지만 편파적인 어떤 특정한 방향만으로 제한된다면, 궁극적인 목표에 도달할 수 있을 거라고 기대해서는 안 된다. 아이스킬로스처럼 만족감보다 기대를 갖게 만드는 작가라면 작품이 완성되었다고 주장해서는 안 된다. 장르의 형식을 가장 완벽하게 갖추고, 최고의 활력과 지혜와 더불어 예술의 특정한 미적이고 기술적인 법칙을 완전히 충족시키면서 무제한적인 요구에 한결같이 부합하는 그러한 예술작품만이 탁월한 일례가 될 수 있다. 다시 말하면, 그런 모범적인 사례를 통해서 아름다운 예술의 완전한 과제가 실제 예술작품 속에서처럼 분명해진다.

예술과 취미의 모든 구성 요소가 균형 있게 발전하고 교육되고 완성되는 곳에서만 최고의 아름다움이 가능하다. 즉 자연적인 교양 속에서만 가능하다. 인위적인 교양에서 이러한 균형은 제멋대로 분리하고 뒤섞는 오성의 조종으로 인해 회복하지 못한 채 사라져버린다. 개개의 완전성과 아름다움의 측면에서 인위적인 교양은 어쩌면 자유로운 발전을 훨씬 능가할 수 있다. 그러나 자연적인 교양의 최고의 아름다움은 자연에서부터 유기적으로 형성된 총체성으로, 이것은 최소한의 분리만으로도 해체되며 중량이 아주 조금만 초과해도 파괴된다. 조종하는 오성의 인위적인 메커니즘은 자연적인 교양이 만든 예술의 황금시대의 합법칙성을 습득할 수 있다. 그러나 그 균형을 결코 완전하게 회복하지는 못한다. 일단 해체되었던 기본적인 구성 요소는 결코 다시 조직되지 않는다. 아름다운 예술에서 자연적인 교양의 정점은 모든 시대를 막론하고 인위적인 전진의 위대한 원형이다.

어떤 이유에서인지는 알 수 없지만, 우리는 문학의 한계를 너무 좁게 생각하는 데 익숙하다. 재현이 문학예술처럼 묘사가 아니라 감각예술처럼 모방이나 사실적으로 표현하는 것이라면, 도구와 소재를 특정한 것으로 제한함으로써 재현의 자유를 더 좁게 한정지어버리고 만다. 만약 소재의 범위가 아주 좁고 매우 간단한 도구를 사용해야만 하는 예술 양식에서 다른 민족은 절대로 넘어설 수 없는 높이까지 이르렀다면, 그 민족은 신의 은총을 받았다고 생각할 것이다. 어쩌면 조각 분야에서 그리스인들이 이런 경지에 실제로 도달했을 것이다. 회화와 음악은 이미 더 자유로운 영역을 갖고 있다. 그것의 도구는 더 통합적이고 더 다양하고 더 포괄적이다. 문학과 예술이 완성의 극단적인 한계를 정하려 하는 것은 매우 무모한 일이다. 문학은 어떤 특별한 소재에 의해서도 그 반경이나 힘에 제한을 받지 않는다. 문학의 도구, 즉 온전히 인간 정신의 산물인 자의적인 기호언어가 끝없이 타락할 수도 있고, 무한히 완전성을 향해 나아갈 수도 있을까? 문학의 큰 장점 중의 하나는 **무제한적인 범위**이다. 어쩌면 문학에 매우 꼭 필요한 것으로, 조각에 필수적인 요소인 철저하고 지속적인 규정성, 그리고 음악의 변화무쌍한 생동감을 대체하기 위해서다. 조각과 음악은 감각에 직접적으로 직관과 감정을 부여한다. 조각과 음악은 종종 불명료한 언어를 통해 우회적으로만 마음의 이야기를 한다. 조각과 음악은 사상과 도덕을 간접적으로만 표현할 수 있다. 문학은 상상력을 통해 직접적으로 정신과 마음에 이야기를 한다. 불투명하고 애매모호할 때가 종종 있지만, 모든 것을 포괄하는 언어로 이야기를 한다. 감각예술의 장점은 무한한 규정성과 끝없는 생동감이다. 이러한 **개별성**Einzelnheit은 예술의 업적이라기보다는 빌린 것으로, 자연의 소유물이다. 감각예술은 순수한 자연과 순수한 예술 사이의 혼합물이다. 다른 것의 힘을 빌리지 않은, 다른 것의 도움을 받지 않은 단 하나의 본질적인 **순수예술**, 그것이 바로 문학이다.

다양한 예술 양식을 서로 비교할 때, 목적의 가치가 크고 작음에 대해 얘기할 수 없다. 그렇지 않으면, "소크라테스와 티몰레온[4] 중 누가 더 덕망이 높았을까?" 같은 질문만큼이나 무의미한 연구일 것이다. 왜냐하면 무한한 것은 절대로 비교를 허용하지 않으며, 아름다움을 향유하는 것은 절대적인 가치를 갖기 때문이다. 그러나 그러한 목표에 도달하기 위한 다양한 수단의 완전성에는 단계가 있으며 어떤 수단이 더 완전한지, 아닌지의 등급이 발생한다. 어떤 예술도 문학처럼 한 작품에서 표현의 반경을 크게 넓힐 수 없다. 또한 어떤 예술도 문학처럼 다양한 것을 하나로 결합시키고, 그런 결합물을 절대적으로 완전한 전체로 완성할 수 있는 수단도 갖고 있지 않다. 조각, 음악, 서정시는 통합에 관해서는 사실 하나의 동일한 단계에 있다. 어떤 지극히 동질적인 이런저런 것들을 차례차례 늘어놓고, 이러한 원칙대로 나머지 것을 유기적으로 발전시키려고 노력한다. 상상과 주도적인 노력 속에서 지속되는 것, 즉 캐릭터는 신 안에서만 소박할 수 있다. 그리고 자기 자신을 통해 결정되며 완성될 수 있다. 현상의 영역에서 캐릭터의 통일은 제한적일 뿐이다. 즉 자기 자신으로만 특정할 수 없는 다양한 것을 포함해야만 한다. 진정으로 독자적인 모습Erscheinung은 그것이 속한 세계 전체의 상호 연결성에 의해 전적으로 결정되고 설명된다. 단순히 있을 법한 세계의 파편Bruchstück도 이와 다르지 않다. 드라마의 캐릭터는 전체 속에서 차지하는 위치에 의해, 그리고 플롯에서 차지하는 캐릭터의 몫에 의해 전적으로 결정된다. 플롯은 시간 속에서만 완성된다. 그런 까닭에 조형 예술가는 완전한 플롯을 재현할 수 없다. 설령 생생하고 구체적인 캐릭터가 정해지더라도, 그는 필연적으로 자

4 Τιμολέων(기원전 411~337), 고대 코린토스의 티모데무스의 아들로 그리스 정치가이자 장군.

신이 속한 세계를, 이미 알려진 것 외에는 형상화할 수 없는 세계를 전제로 한다. 한눈에 보기에도 올림포스 신들로 둘러싸인 세계에 속해 있다는 해석이 가능하더라도, 심지어 가장 완벽한 조각상조차도 그저 전체에서 떼어낸 불완전한 파편일 뿐이다. 자체적으로 완성된 온전한 전체가 아니다. 거기에서 조각가가 도달할 수 있는 최고의 것은 **통일성의 유사물**이다. 서정시인과 음악가들의 통일성은 전체가 밀접하게 연관되어 몇 가지 정서 상태에서 두드러지게 나타난 감정의 **동질성**으로 이루어진다. 그런 감정이 나머지 것들을 지배한다. 따라서 그 나머지 것들을 자기 밑에 완전히 **종속**시킨다. 필연적인 다양성과 자유가 이런 연관관계의 완전성에 엄격한 제한을 둔다. 따라서 결합의 완벽함은 생각조차 할 수 없다. 그런데 문학의 두번째 큰 장점이 바로 **결합의 완벽함**이다. 묘사의 가장 폭넓은 범위와 가장 강한 활력을 최고의 통일성과 결합시키는 것이 본래 목표인 비극작가만이 자신의 작품에 **완전한 구조**를 부여할 수 있다. 그 아름다운 구성도 지극히 작은 결함이나 아주 약간의 과잉으로 인해 파괴되지 않는다. 오직 비극작가만이 **완전한 플롯**을, 유일한 절대적인 총체성을 현상의 영역에서 재현할 수 있다. 남김없이 완전하게 수행된 행위와 완벽하게 실행된 목표는 최고의 만족을 보장한다. 완결된 문학적 플롯은 그 자체로 종결된 전체이며, 하나의 **기술적인 세상**이다.

그리스 초기 문학 양식의 일부는 신화시대의 서사시처럼 그 자체로 아직 미성숙한 교양의 미완의 시도이며, 일부는 서정적

시대의 다양한 학파들처럼 완전한 아름다움을 쪼개서 서로 나누어 갖는, 일방적으로 제한된 방향이다. 그리스 문학 양식 중에서 가장 탁월한 것은 **아티카 비극**이다. 아티카 비극은 초기 양식, 시대, 학파의 모든 개별적인 완전성을 규정하고 정화하며 고양시켜서 새로운 전체로 조직한다.

아이스킬로스는 진정한 창조의 힘으로 비극을 창작하고 전체적인 개요를 기획하고 그것의 경계선과 방향 및 목표를 설정했다. 이 비범한 사람의 기획을 완성한 작가는 바로 **소포클레스**다. 그는 아이스킬로스의 발명품을 발전시키고 경직된 부분을 부드럽게 만들고 빈틈을 보완하여 비극문학을 완성했다. 그걸 통해서 그리스 문학의 궁극적인 목표에 도달했다. 소포클레스는 운이 좋게도 아티카의 공적인 취미의 최고의 순간과 마주쳤다. 또한 운명의 혜택도 이용할 줄 알았다. 그는 완성된 취미와 양식의 장점을 시대와 공유했다. 하지만 소포클레스가 자신의 자리를 감당했듯이, 자신의 사명에 부응했던 방식은 온전히 그 자신의 것이었다. 그는 독창성에 있어서 아이스킬로스에도, 아리스토파네스에게도 뒤지지 않고 완벽함과 안정감에서 호메로스와 핀다로스와 동등하며 우아함에 있어서는 전무후무한 인물이다.

소포클레스의 **재현기술의 정확성**은 완벽하다. 그의 작품에 드러나는 명확하고 풍부한 짜임새와 균형 잡힌 결합, 즉 율동적인 조화Eurithmie는 유명한 폴리클레이토스[5]의 조각품인 도리포로

5 Polykleitos, 기원전 5세기 후반의 그리스 조각가. 인체 각부의 비례, 전신의 균형을 연구하여 인체미의 기준을 수립했다.

스[6]의 비율만큼이나 규범적이다kanonisch. 각각의 작품 전체에서 나타나는 성숙하고 농익은 구성은 완벽할 정도로 완성되어서 최소한의 빈틈이나 불필요한 입김에도 전혀 흐트러지지 않는다. 모든 것이 하나의 통일체로부터 필연적으로 전개되고, 아주 작은 부분조차도 전체의 커다란 법칙을 절대적으로 따른다.

소포클레스는 아무리 아름답더라도 지나친 것은 포기했으며, 전체의 균형을 해치는 거부하기 힘든 유혹에도 저항했다. 그런 절제가 이 작가에게서 풍요로움을 증명한다. 왜냐하면 그의 합법칙성은 자유롭고, 정합성은 단순하며, 가장 부유한 풍요는 완전하면서도 마음에 드는 합일에 저절로 이르기 때문이다. 소포클레스 드라마의 완결성은 기계적으로 강요된 것이 아니라 유기적으로 발생한 것이다. 아주 별 볼 일 없는 부수적인 인물조차 자신의 인생을 누린다. 그저 자유로운 성향대로 자신의 자리에서 온전한 교양이라는 적절한 맥락을 따르는 것처럼 보인다. 우리는 즐겁고 불쾌하지 않게 매력적인 흐름을 좇으며 소포클레스 문학의 매혹적인 표면을 섭렵한다. 정확하지만 단순하고 자유로운 태도에서 나오는 아름다움은 그의 문학에 형언할 수 없는 매력을 주기 때문이다. 작품의 부분뿐만 아니라 전체 역시 가장 풍요로우면서도 가장 단순한 복합체로서 명확하게 구분되고 기분좋게 분류된다. 그리고 전체적인 플롯 속에서 투쟁과 휴식, 행위와

6 Doryphoros, 그리스어로 '창을 든 청년'이라는 뜻이다. 왼손에 창을 들고 오른발에 체중을 두었으며, 얼굴을 약간 오른쪽으로 돌리고 서 있는 나체 청년상이다. 아킬레우스를 나타낸 것이라고 하며, 기원전 450~440년경의 작품으로 추정한다.

관찰, 인류와 운명이 호의적으로 교체되고 자유롭게 합일되듯 때로는 개별적인 힘이 거침없이 대담하게 질주하고, 때로는 두 개의 힘이 신속하게 교환하면서 경쟁하는 중에도 서로를 감싸안고, 때로는 개별적인 모든 것들이 장엄한 합창단 앞에서 침묵을 할 때면, 가장 짧은 연설 속에서도 다양한 요소들이 가볍게 교체하면서 자유롭게 합일된다.

소포클레스의 문학은 또한 일과 예술과 욕망을 조금도 상기시키지 않는다. 우리는 더이상 매개체를 인식하지 못한다. 그러면서 예술이라는 외피는 서서히 사라진다. 이런 소박한 완전성은 자신의 통치권 아래 머무르지 않고 외적인 인상을 걱정하지 않은 채, 오직 자기 자신만을 위해서만 존재하는 것처럼 보인다. 이런 교양은 만들어지거나 창조된 것이 아니라 영원히 존재하거나 저절로 생성된 것처럼 보인다. 마치 사랑의 여신이 완성된 모습으로 바닷속에서 갑자기 불쑥 솟아오른 것처럼.

소포클레스의 감수성 속에 디오니소스의 신적인 도취, 아테네의 심오한 독창성, 아폴로의 조용한 신중함이 고루 섞여 있다. 소포클레스의 문학은 속세의 정령들을 움직여서 보다 고차원적인 세계로 옮겨놓는다. 소포클레스는 감미로운 권능으로 마음을 유혹하여 저항하지 못하게 사로잡는다. 그러나 소포클레스는 또한 보기 드문 **예의바른** 예술의 거장으로서 비극의 가장 위대한 힘을 가장 적절하게 사용하여 **최고의 중용**에 도달할 줄도 안다. 그는 강력한 공포와 강렬한 감동을 주지만, 그럼에도 결코 씁쓸하거나 잔혹하지 않다. 끊임없는 공포 속에서 우리는 의식을 잃을 정도로 경직될 수도 있고, 끝없이 격한 감동 속에서 완전히 기운이 소진될 수도 있다. 이에 반해 소포클레스는 공포와 감동을 적절히 잘 섞어 가장 완전한 균형을 이룰 수 있으며, 정확한 자리에서 황홀한 기쁨과 생동감 넘치는 기품으로 흥을 돋을 줄 알고 균형감 있는 긴장 속에서 아름다운 삶을 전체에 확산시킬 수 있다.

소재를 적절하게 선택해서 탁월하게 다루는 솜씨, 주어진 캐릭터와 사건의 윤곽을 지혜롭게 이용하는 소포클레스의 방법은 매우 훌륭하다. 셀 수 없이 많은, 있을 법한 해결 방법 중에서 항상 확실하게 최고의 것을 찾는 것, 깨지기 쉬운 경계선 안에서 절대로 벗어나지 않는 것, 그리고 가장 복잡한 한계상황 속에서 필연성에 대한 능숙한 복종을 통해 그의 완전한 자유를 주장하는 것. 이것이 바로 예술적 지혜의 걸작품이다. 설령 소포클레스에 바로 앞서서 어떤 문인이 최고의 해결책을 선취했더라도, 그는 그 빼앗긴 소재를 다시 자기 것으로 소화할 줄 알았다. 소포클레스는 아이스킬로스 이후 『엘렉트라』를 새로 다루면서도 부자연스럽지 않았다. 『필록테테스』는 개별적으로는 커다란 윤곽과 적절한 동기를 갖추었지만, 전체적으로 봤을 때 빈틈이 많고 불리한 소재다. 그러나 소포클레스는 이것을 완전한 플롯으로 개발하고 다듬고 보완할 수 있었다. 그래서 단순한 조화도, 완전한 만족도 결여하지 않은 작품으로 만들었다.

소포클레스의 언어가 가진 아티카의 마력은 호메로스의 생동감 넘치는 풍요로움과 핀다로스의 잔잔한 화려함을 철저히 계산된 정확성과 결합한다. 대담하고 웅장하지만 거칠고 공격적이며 모가 난 아이스킬로스의 묘사가 예리하고 정확한 소포클레스의 표현에서는 세련되게 정제되고 온화해지며 유연하게 완성된다. 창의성, 사교성, 웅변술과 중용이 천부적으로 타고난 곳, 완전한 교양이 도리아와 이오니아 교양의 제한된 이점들을 포괄하는 곳, 무제한적인 자유와 평등한 권리로 인해 모든 내면적인 것이 대담하게 모습을 드러내는 곳, 그리고 다방면에 걸친 외부와의 마찰이 가장 격렬한 싸움을 통해 잠잠해지고 순화되고 둥글게 되어 정돈되는 곳에서만이, 즉 **아테네**에서만 그리스 언어와 예술의 **완성**이 가능했다.

소포클레스의 **리듬**은 강력한 변화의 흐름을, 즉 폭발적인 힘과 도리아 양식의 남성적인 위엄을, 넘치는 풍요로움과 신속한 유연함, 그리고 이오니아나 아이올리아 운율의 섬세한 경쾌함과 결합한다.

소포클레스 작품의 전체와 부분을 전적으로 지배하는 **아름다움의 이상**은 완전히 완성되었다. 아름다움을 구성하는 본질적인 개개 구성 요소들의 힘은 균형적이고, 그것들이 결합하여 이룬 전체의 질서는 합법칙적이다. **소포클레스의 양식은 완전하다.** 각각의 비극작품에서, 각각의 사건에서 아름다움의 정도는 소재의 한계와 전체의 연관성, 그리고 특별한 배역의 상태를 통해서 좀 더 세부적으로 정해진다.

등장인물 각각의 **도덕적인** 아름다움은 그때그때 이런 조건들이 항상 허용하는 것만큼의 크기를 갖는다. 모든 행위와 열정은 가능한 한 도덕이나 성격으로부터 나온다. 그리고 특별한 캐릭터와 특정한 도덕은 매우 순수한 인류에 점점 접근해간다. 여기에서 무익한 악은 불필요한 고통만큼 발견되지 않으며, 쓰디쓴 분노의 감정에 충동적으로 휩싸이지 않도록 매우 엄격하게 방지한다.

스토리와 달리 사건은 가능한 한 거의 없으며, 모두 운명에서 비롯된다. 그러나 운명과 인류의 끝없는 필연적인 싸움은 또다른 양식의 도덕적인 아름다움을 통해 끊임없이 화해를 이루어서 기술적인 정확함의 법칙이 허용되는 한, 결국 인류가 가장 완전한 승리를 거두게 된다. 이러한 외형상의 훌륭한 행위와 사건 내면의 필연적인 반향이 전체의 균형을 떠받치고 유지한다. 아름다운 신념의 고요한 위엄은 무시무시한 싸움을 조정하고 대담한 우위를 주도한다. 그래서 질서의 모든 제방을 격렬하게 뚫고 다시 영원히 고요한 법칙의 부드러운 궤도 위에 올려놓는다. 모든 작품의 결말은 결국 언제나 가장 완전한 만족을 보장한다. 왜냐하면 설령 외관상 인류가 몰락한 것처럼 보일지라도, 내면의 신념을 통해 승리하기 때문이다. 영웅의 용감한 저항은 운명의 맹목적인 분노에 끝내 굴복할 수밖에 없다. 그러나 온갖 고통에도 확고부동한 자립의 감정은 마침내 자유롭게 날아오른다. 마치 『트라키아 여인들』에서 죽어가던 헤라클레스처럼.

지금까지 간략하게 묘사한 소포클레스 문학의 완전성은 분리되어 독자적으로 존재하는 특징이 아니라, 강력하게 통합되고 완전하게 혼합된 전체의 다양한 측면과 부분들일 뿐이다. 교양의 합법칙성과 힘의 균형을 잃지 않는 한, 미의 총체성이 분열되지 않는 한, 전체의 비용으로 개별성이 좀더 높은 차원의 완전성을 습득할 수는 없다. 개별성이 가지고 있는 탁월성은 상호 영향을 주고받으면서 더욱 고차원적인 가치를 획득한다. 예컨대 소포클레스는 고갈되지 않는 풍요로운 작가 정신의 소유자다. 나는 그의 최종적인 한계가 어디까지인지 가장 보편적인 윤곽을 잡아보았다. 그리스인들 스스로 소포클레스의 가장 독특한 특징이라고 여겼던 다정함과 자기만족적인 완전성은 그리스 문학의 모든 특징을 총망라한 통일성에서 유래한다.

실제로 각기 다른 시대의 장점들과 문학 양식 및 방향성은 매우 다르다. 따라서 그리스 포에지에서 모방할 만한 가치가 있는 것은 여러 시대에 흩어져 있지만 사실 황금시대의 한가운데에서 통합된다. 이에 반해 이론적인 측면에서 고려해볼 때, 모든 시대가 비슷하게 독특하다.

그리스 포에지 전체의 소박한 동질성은 근대 포에지의 다양한 색채 및 이질적인 것의 혼합과 매우 두드러지게 대조적이다.

보통 그리스 교양은 절대적으로 독창적이고 민족적이다. 그리고 순수한 내적 발전을 통해 최고 정점에 도달했다가 완전한 순환 속에서 다시 자기 자신 속으로 주저앉았다. 한마디로 자체적으로 완결된 총체성이다. 그리스 포에지도 마찬가지로 독창적이다. 그리스인들은 그들의 특성을 순수하게 보존했다. 따라서 그들의 포에지는 첫 출발에서뿐만 아니라 전체의 진행 과정에서 항상 민족적이었다. 그들의 포에지는 그 원천뿐만 아니라 전 시대에 걸쳐 모두 신화적이었다. 그 이유는 유아적인 교양의 시대에 자유가 자연을 통해서만 유발될 뿐 자립적이지 않다면, 인류의 다양한 목적이 결정되지 않고 부분적으로 뒤섞이기 때문이다. 그야말로 전설이나 신화는 인류의 목표를 혼합해놓은 결과물이다. 여기에는 전래된 것과 문학이 결합되어 있으며 미숙한 이성의 예감과 아름다운 예술의 여명이 서로 융합되어 있다. 자연적인 교양은 동일한 싹이 지속적으로 성장한 것일 뿐이다. 그런 까닭에 자연적 교양 초기의 근본 특징이 전체로 확산되고, 전승된 관습과 신성화된 제도를 통해 가장 후기까지 확고하게 유지된다. 그리스 포에지는 기원에서부터 전체에 이르는 발전 과정 동안 **음악적이고, 운율적이며 모방적**mimisch이다. 인위적인 오성의 자의恣意만이 자연으로 인해 영원히 통일되었던 것을 강제로 분리할 수 있다. 진정으로 인간적인 상태는 주도적인 경향으로만 이루어진 것이 아니라 이 둘의 혼합물로 구성되어 있다. 진정으로 인간적인 상태는 열려 있는 곳이라면 어디든, 사방 어디로든 흘러간다. 그것은 자의적이고 자연적인 기호를 통해, 즉 말과 목소리와 몸짓을 통해 표현된다. 오성이 그의 권리를 오인하여 폭력적인 개인을 통해 자연의 경계를 혼란시키고 자연의 아름다운 조화를 파괴하기 전에는, 예술의 자연적인 교양 속에서 문학, 음악과 모방술Mimk(이것 역시 운율적이었다)은 거의 항상 분리할 수 없는 자매지간이나 다름없다.

우리는 그리스 포에지 전체뿐만 아니라 전체가 더 크거나 작게 분열되는 단계, 그리고 동시적이거나 점진적인 층위에서 이런 동질성을 받아들인다. 작가의 본질적인 능력과 그것을 현명하게 사용하는 방법, 심지어 각기 다른 종족의 고유한 민족적 성격과 예술가가 지배하는 분위기에는 현격한 차이가 있다. 그럼에도 위대한 미적 교양의 시대에 감정과 자연의 보편적인 관계는 불변하며 예외 없이 정해져 있다. 이런 시기에는 공적인 취미가 교양의 최고 단계에 있고 예술의 모든 기관이 가장 완전하고 가장 자유롭게 표현된다. 이때 미의 근원적인 구성 요소들이 갖는 보편적인 관계는 결정적으로 시대정신을 통해 정해졌다. 그리고 독창적인 천재의 수준이 최고이든 최저이든 상관없었다. 작가 고유의 교양과 분위기 또한 이런 필연성에서 단 한 번의 예외도 가능하지 않았다. 이런 동시적인 관계들이 신속하게 교체되면서 여러 시대를 거치는 동안 위대한 거장의 정신은 유익한 영향을 미쳤다. 그로 인해 창작욕이 마비되거나 독창성이 구속당하지 않은 채였다. 눈에 띄는 동질성과 함께 뛰어난 하나의 방향성, 독특하게 특정한 하나의 경향이 종종 일군의 예술가들을 통해 유지된다. 그럼에도 개성적인 것은 일반적으로 객관성을 지향한다. 그러므로 때때로 개성은 객관성의 영역을 제한하기도 하지만 객관성의 합법적인 지배를 결코 벗어날 수 없다.

점진적인 발전의 각기 다른 단계는 전체적으로 서로 뚜렷하고 확실하게 구분된다. 그러나 역사의 끊임없는 흐름 속에서 마치 강줄기처럼 최종적인 경계선이 합쳐지면서 용해된다. 동시대 취미의 다양한 경향 및 예술 양식의 경계는 한층 더 순수하다. 그것의 융합은 기술적 오성의 메커니즘이 아니라 자연의 가변적인 유기체처럼 전적으로 동질적이며 순수하고 소박하다. 끌어당기고 밀어내는 영원하고 단순한 법칙에 따라서 동질적인 요소들을 융합한다. 그리고 일이 진행될수록 이질적인 요소들을 제거하며 유기적으로 발전한다.

근대 포에지는 미완의 시작이다. 그것은 완전성에 대한 사고를 통해서만 완벽하게 보완될 수 있다. 일부는 감지하고, 일부는 계획되어 있는 것의 통합은 인간이 땀 흘리며 만들어낸 산물의 인위적인 메커니즘이다. 이에 반해 동질적인 그리스 포에지는 자립적이며, 자체적으로 완결된 전체다. 그리고 전체의 법칙과 목표를 위해 가장 작은 부분조차 필연적으로 규정되어 있으면서 동시에 독자적이며 자유로운 아름다운 조직체의 통합이다. 그리스 포에지가 점진적으로 발전해가는 과정에서 보여준 뚜렷한 규칙성은 우연의 일치 그 이상을 설명해준다. 가장 작은 진전이든, 가장 큰 진전이든 바로 이전 단계에서부터 출발하고 바로 다음 단계의 완전한 싹을 품고 있다. 다른 곳에서는 인류사 속에 매우 깊숙이 감추어져 있는 생동하는 교양의 내적 원리들이 여기 그리스에서는 분명하게 드러난다. 그리고 그 원리들은 명백하고 정확한 문자라는 외적인 형태로 각인된다. 그리스 포에지의 동질적인 요소들이 추동하는 힘의 내적인 강도強度를 통해 기분좋게 연합했듯이, 유기체적인 싹이 교양 충동을 통해 거듭 진화함으로서 자연의 순환 과정을 완결했듯이, 즉 힘차게 자라고 풍부하게 꽃을 피우고 빠르게 성숙했다가 갑자기 시들었듯이, 그리스 포에지의 각각의 양식과 시대와 학파 역시 마찬가지였다.

이러한 해석은 그리스 포에지에서 우연은 전혀 없으며 외부의 영향으로 강제로 정해지는 것도 없다는 사실을 우리에게 강요한다. 오히려 가장 사소한 것, 가장 기이한 것, 그리고 처음 보기에 가장 우연적인 것도 내적인 근거에 따라 필연적으로 전개된 것처럼 보인다. 그리스 교양이 시작된 지점은 절대적인 야생성野生性이었다. 그리스 포에지는 재능과 동기 유발의 측면에서 우주적인 상황을 통해 누릴 수 있는 최대치의 혜택을 받았다. 그래서 미적인 교양은 적어도 불리한 외부의 영향으로부터 어떤 방해도 받지 않았다. 원동력이 된 이런 원인들이 그리스 포에지의 기원과 고유한 특성 및 누가 봐도 알 수 있는 확실한 운명을 이야기해준다. 그러나 그리스 포에지를 이루는 각 부분의 일반적인 관계, 전체의 윤곽, 단계와 양식의 명확한 경계선, 전진의 필연적인 법칙은 내면적인 이유로만, 그리스 교양의 자연스러움으로만 설명된다. 이러한 교양의 싹은 보편적이고 필연적인 것으로 인간 본성 자체에 뿌리를 두고 있다. 그리고 가장 적절한 성향이 가장 자유롭게 발현된 결과일 뿐이다. 그리스인의 미적인 교양은 알렉산드리아뿐만 아니라 아테네에서도, 오성이 전체를 관장하고 모든 힘을 조종하며 목표와 방향을 결정한다는 의미에서 결코 인위적이지 않았다. 이와 반대로 그리스 예술 이론은 예술가의 실천과 최소한의 관계도 없었다. 후기에 와서야 기껏 예술가의 하수인 노릇을 했을 뿐이다. 오로지 충동만이 그리스 교양을 움직였을 뿐만 아니라 조종하는 원리다.

그리스 포에지는 전체적으로 자연적인 문학의 최대치이자 표준이며, 각각의 작품은 가장 완성된 양식을 보여준다. 전체적인 윤곽은 대담한 확신을 갖고 간단하게 기초를 그리고, 넘치는 힘으로 채우고 완성했다. 모든 교양은 **진정한 개념의 완전한 직관**이다. 그리스 포에지는 모든 근원적인 취미와 예술 개념을 위한 완벽한 사례집으로, 이론적 체계를 세우는 데 놀라울 정도로 적합하다. 마치 도야하는 중에 있는 자연이 인식을 추구하는 오성의 소망을 예측하려고 애쓰는 것 같다. 그리스 포에지에서 **예술의 유기적 발전의 온전한 순환 과정**이 완결되고 완성되었다. 아름다움의 재능을 가장 자유롭고 완전하게 표현할 수 있었던 최고의 예술 시대는 **취미의 완전한 단계**를 포함한다. 미의 요소를 다양하게 결합하여 얻은 순수한 양식들은 남김없이 소비되었다. 이전 양식을 계승하는 순서와 과도기의 특성도 내적인 법칙에 의해 필연적으로 규정되었다. **창작 양식의 경계**는 임의적인 분리와 혼합을 통해 인위적으로 조작하는 것이 아니라, 내면적으로 성숙해가는 자연을 통해 저절로 생성되고 규정된다. 가능성 있는 모든 순수한 창작 양식 시스템은 심지어 변형, 발달하지 못한 유년 시절의 미성숙한 양식, 그리고 모방에 빠져 있던 시대에 원본을 모두 섞어 만들어낸 가장 단순한 잡종 양식에 이르기까지 완전하게 남김없이 사용되었다. 그리스 포에지는 **취미와 예술의 영원한 자연사**다.

그리스 포에지는 본래 **순수하고 단순한 요소들**을 담고 있다. 그래서 근대 문학의 혼합된 생산물은 그리스 포에지의 그러한 요소들 안에서 분석해야만, 미로처럼 혼돈스러운 수수께끼를

풀 수 있다. 그리스 포에지의 모든 상황이 너무 순수하고 원초적이며 필연적으로 규정되어 있었기 때문에, 그리스 작가들 하나하나의 특징 또한 순수하고 단순한 **미적인 기본 직관**이라고 할 수 있다. 예를 들면 **괴테의 양식**이 호메로스, 에우리피데스, 아리스토파네스의 양식을 섞어놓은 것이라고 말하는 것보다 더 명확하고, 더 직관적이며, 더 간결한 설명은 없을 것이다.

4.
그리스 포에지에 대한 반론[1]

많은 근대인이 바로 이렇게 생각할 것이다. "그러나 그리스 포에지는 우리의 섬세한 감각을 너무 종종 게다가 너무 심하게 모욕한다! 그리스 포에지는 최고의 완성도에 이르렀을 때조차 정제된 우리 시대의 더 높은 도덕성으로부터 멀찌감치 떨어져 있을 뿐만 아니라 고결한 마음과 예의, 수치심과 다정다감함에 있어서 옛 로망스에 훨씬 뒤처져 있다. 소박함으로 잘 알려진 그리스의 중요한 문학작품들은 정말 빈약하고 지루하지 않은가! 빈곤한 소재와 단조로운 묘사, 통속적인 세계관과 식어버린 열정과 감정. 게다가 우리의 수준 높은 이론에 따르면 형식조차도 종

1 1822년에 출간된 재판의 본문 첫 부분에는 다음과 같은 각주가 달려 있다. "4장. 그리스 포에지에 대한 반론, 특히 도덕성의 결여와 오점으로 인한. 예술의 아름다움의 이상과는 대조적인, 모든 양식에서 예술법칙에 거슬리는 추의 완전한 미학적 토대를 마련하기 위한 시도." 이에 근거하여 소제목을 붙였다.

종 부정확하다. 그리스 포에지가 우리의 모범일까? 아름다운 예술의 궁극적인 대상인 고귀한 정신적인 사랑도 전혀 알지 못하는 그리스 포에지가? 매우 많은 서정시가 가장 자연스럽지 못한 방탕한 생활을 노래한다. 그리고 거의 모든 작품에 제어할 수 없는 관능적 쾌락과 도를 넘어선 향락과 사내답지 못한 연약함이 깃들어 있다. 천박한 고대 희극에서 모든 것이 서툰 익살의 형태로 버무려진다. 이것은 선한 도덕과 공동체를 노하게 할 뿐이다. 소크라테스마저 희화화할 정도로 온갖 악행을 저지르는 학파들은 성스러운 것을 웃음거리로, 위대한 것을 의도적으로 조롱의 대상으로 삼는다. 극도로 절제되지 않는 방종뿐만 아니라 여자 같은 비겁함과 치밀한 비열함조차도 경쾌한 색채와 거짓의 매혹적인 빛을 통해 가볍게 묘사된다. 새로운 희극의 부도덕성은, 새로운 희극이 더 허약하고 더 형편없기 때문에 덜 나빠 보이는 것 같다. 그러나 거짓말쟁이 노예와 간교한 정부情婦의 사기행각, 어리석은 청년들의 방탕한 생활은 그 조합이 자주 바뀌긴 하지만 끊임없이 되풀이되는 플롯의 기본 특징이다. 호메로스 작품의 주인공들이 보여주는 천박한 이기주의, 즉 사려 깊지 않은 태도와 비도덕적인 권력을 흡사 칭송하듯이, 또는 무관심하게 표현하는 호메로스의 노골적인 묘사 방식은 완전한 서사시의 고귀한 품위가 어울리지 않는다. 마치 빈번하게 등장하는 조악한 소재와 표현 및 전체의 광상狂想적 상호 관계처럼 말이다. 핏빛 복수로 물든 비극에서 가장 끔찍한 범죄 행위가 가장 환영받는다. 게다가 욕정에 대한 궤변을 늘어놓을 때에는 악행도 기본 원칙으로 가르친다. 소포클레스의 비극에서 엘렉트라의 모친 살해를 혐오스러운 것이 아니라 훌륭한 것으로 미화하여 묘사한 것을 봤을 때, 누군들 마음으로부터 깊이 분노하지 않을까? 금기야 점점 커지는 심적 저항감마저 빼앗기 위해서, 어둠을 배경으로 한 무서운 묘사는 보통 전지전능하고 불가해한, 그리고 질투에 사로잡힌 인간 적대적인 운명의 음울한 전망으로 마무리된다."

이러한 입장은 흥미롭게도 근대인의 불손함과 천진난만한 오해, 야만적인 편견을 복합적으로 보여준다. 나는 이것을 그 본질적인 구성 요소들 속에서 분석하기 이전에, **미학적인 비난**에 적용되는 유일한 **객관적인 원칙**에 대해 먼저 몇 마디 언급하지 않을 수 없다. 그러면 이러한 비장한 풍자가 갖고 있는 상투적인 원칙이 어떤 주관적인 근원을 가지고 있는지 추론해내는 것이 그리 어렵지 않을 것이다.

찬양이든 혹평이든, 모든 평가는 두 개의 전제 조건하에서만 유효하다. 판단과 평가의 척도는 보편타당해야만 한다. 그래서 그것을 비평 대상에 적용할 때 양심적으로 신뢰할 수 있어야만 한다. 또한 어떤 검증도 견딜 수 있을 만큼 전적으로 공정한 인식을 갖고 있어야만 한다. 그렇지 않으면 판단은 단순한 명령일 뿐이다. 취미와 예술에 대한 우리의 철학이 얼마나 불완전하고 허술한지는, 여태껏 **추의 이론**을 시도했다는 얘기를 단 한 번도 들어보지 못했다는 것에서 유추할 수 있다. 그렇지만 아름다운 것과 추한 것은 불가분의 관계다.

아름다움이 선의 쾌적한 현상인 것처럼, 추는 악의 불쾌한 현상이다. 아름다움이 감각의 달콤한 유혹을 통해 정신적인 향락에 빠지는 기분을 불러일으키는 것처럼, 추는 감성에 대한 증오 서린 공격이고 도덕적인 고통을 유발하는 요소다. 아름다움은 매력적인 생기로 우리를 따뜻하게 하고 기운을 북돋워준다. 추는 **역겨운 것, 고통스러운 것, 끔찍한 것**이 불러일으킨 불쾌감과 혐오감으로 우리를 채운다. 자유로운 경쾌함 대신 **묵직한 괴로움**이, 생동감 넘치는 힘 대신 **생명 없는 덩어리**가 우리를 짓누른다. 움직임과 평온 상태가 행복하게 교체되는 가운데 한결같은 긴장을 유지하는 대신, 서로 반대 방향으로 **고통스럽게 갈라짐으로써** 상대에 대한 관심과 연민의 마음이 갈가리 찢어진다. 평온을 갈구하는 마음을 **파괴적인 분노**의 감정으로 괴롭히며, 움직임이 필요한 곳에 **나른한 권태감**으로 지치게 만든다.

추의 묘사에서 잔혹한 고통Schmerz은 **도덕적인 악**의 기본 요소이자 기관일 뿐이다. 하지만 절대적인 선에는 긍정적인 것도, 절대적인 악도 전혀 대립하지 않는다. 오히려 총체성과 통일성과 다양성을 아우르는 순수한 인류의 단순한 **부정**否定만이 절대적인 선에 대립한다. 추는 본래 실제적인 육체의 불쾌감Übel에서 나타나는 공허한 가상으로, 아직 도덕적인 힘을 갖고 있지 않다. 동물성의 영역에만 긍정적인 불쾌감, 즉 **고통**이 있을 뿐이다. 순수한 정신성 속에는 고통 없는 제약과 만족만 느낄 것이다. 그리고 순수한 동물성 속에서는 **만족 없는 욕구**의 진정鎭靜과 고통만 느낄 것이다. 인간의 잡다한 본성 속에는 정신의 부정적인 제약과 동물의 긍정적인 고통이 매우 긴밀하게 녹아들어 있다.

풍족한 충만감의 반대는 **공허**다. 즉 단조로움, 획일성, 영혼의 부재다. 조화는 불균형과 불화와 대립한다. **수확이 없는 혼란**은 좀더 좁은 의미의 본질적인 아름다움과 대립한다. 더 좁은 의미의 **아름다움**은 제한된 통일성 속에서 나타나는 유한한 다양성의 현상이다. 이에 반해서 숭고함은 무한성의 현상이다. 다시 말하면 무한한 충만이나 무한한 조화다. 그것은 **무한한 결핍과 무한한 부조화라는** 이중의 대립물을 갖고 있다.

악의 단계는 **부정의 정도**를 통해서만 결정된다. 이에 반해서 추의 단계는 모순되는 **충동의 집중적인 양**에 의해 좌우된다. 추의 필수 조건은 실현되지 못한 기대, 한껏 부풀었다가 모욕당한 욕망이다. 설령 부정의 정도가 동일해도 충동의 집중적인 힘이 증가한다면, 공허와 불화의 감정은 단순한 불안감에서 가장 광적인 절망감에 이르기까지 증폭될 수 있다.

숭고미는 완전한 만족을 준다. 이에 반해 **숭고한 추**—이것은 충동의 흥분 상태에서 가능한 착각Täuschung이다—의 결과는 **절망**, 말하자면 절대적이고 완전한 고통이다. 게다가 **불쾌**Unwillen—이것은 추의 영역에서 매우 큰 역할을 하는 감정이다—나 몇몇의 도덕적인 불균형을 인지하는 고통이다. 왜냐하면 모든 도덕적인 불균형은 주어진 소재를 무조건적인 불화의 이미지로 보충하는 상상력을 부추기기 때문이다.

가장 엄밀한 의미에서 **최고의 추**는 최고의 미와 마찬가지로 불가능하다. **부정의** 무조건적인 **최대치**, 또는 **절대적인 무**는 긍정의 무조건적인 최대치처럼 어떤 상상 속에서도 주어지지 않는다. 그리고 추의 최고의 단계에도 일종의 아름다움이 포함되어 있다. 심지어 불쾌한 숭고함을 묘사하려면, 그리고 무한한 공허와 무한한 부조화의 가상을 불러일으키려면, 최대치의 충만함과 힘이 요구된다. 따라서 추의 구성 요소들은 서로 싸운다. 미처럼 추도 개별 구성 요소가 가진 제한적이지만 한결같은 힘을 통해서, 그리고 완전하게 통합된 요소들의 완벽한 합법칙성을 통해서 제한적인 최대치(객관적으로 능가할 수 없는 근사치)에 도달할 수 없다. 오직 주관적인 최대치만을 달성할 수 있다. 모든 개별적인 감수성에는 혐오와 고통과 절망의 일정한 한계가 존재하기 때문에, 그것을 넘어서면 신중해질 수 없기 때문이다.

그러나 아름다운 예술가는 미의 법칙뿐 아니라 예술의 규칙을 따르며, 추한 것뿐 아니라 기술적인 결함도 피해야 한다. 자유로운 예술의 모든 재현작품은 여러 방식으로 비난받을 수 있다. 다시 말해 '재현에서 완전한 묘사가 결여되었다'라거나 '이상성과 객관성을 위반했다'라거나 혹은 '재현의 내적 가능성의 조건을 위반했다'라는 비난을 받을 수 있다.

목적에 합치되는 도구와 소재가 부재할 때 무능력하다고 말한다. 존재하는 활력과 주어진 소재를 가장 유리하게 활용하지 못할 때 미숙하다고 말한다. 그럴 때 재현은 무디고 애매모호하며 종잡을 수 없고 빈틈이 있다. 자연의 영원한 경계선이 뒤엉킬 때 부조리하다고 말하며, 진정한 창작 양식의 기형적인 혼합으로 인해 창작 양식 고유의 목적 자체를 폐기해버린다. 건강하지만 여전히 유치한 교양은 참되지만 불완전한 창작 양식 속에서 올바른 의도를 완전하게 실현하지 못한 채 그것을 겨냥하고 구상만 한다.

재현은 개별적으로는 매우 탁월할 수 있지만 전체적으로는 **내적인 모순**을 통해 스스로를 지양하면서 내적인 가능성의 조건들을 파기한다. 그래서 **기술적 정합성**의 법칙을 손상시킬 수 있다. 자칭 예술작품의 불분명한 전체에서 내적 가능성의 법칙과 고유의 지속성이 완전히 결여되었을 때, 작품이 흡사 경계가 없을 때, 그래서 본래 하나의 완결된 작은 세계, 그 자체로 완결된 전체를 이루어야 함에도 여분의 자연으로부터 전혀 분리되지 않거나 적절하게 분리되지 않았을 때, 우리는 그것을 **통일성이 없다**고 말할 수 있을 것이다.

예술가가 자신의 도구를 신성시하면, 수단이어야 하는 재현을 절대적인 목표로 전치한다면, 그래서 **기교의 완벽성**만을 추구하면, **인위성**으로 인해 예술의 **관념성**Idealität이 추방된다.

보편타당한 재현에 독특함이라는 요소가 섞이면, 몰래 스며들거나 노골적으로 반항하면, 즉 **주관성**으로 인해 예술의 **객관성**이 추방된다.

있을 법한 모든 순수한 기술적인 결함에 대한 이와 같은 일반적인 개요는 **오류 이론의 첫번째 원리**를 포함한다. 이런 오류 이론은 추의 이론과 결합하여 심미적인 범죄에 관한 완전한 법전을 구성한다. 나는 다음에 설명할 **그리스 포에지에 대한 변명**을 위해 그 완벽한 법전을 근거로 제시할 것이다.

그리스 포에지는 어떤 수사적인 찬양도 필요하지 않다. 그리스 포에지의 진짜 결함을 미화하거나 부정하려는 술수는 그것의 품위를 완전히 손상시키는 일이다. 그리스 포에지는 엄정함을 요구한다. 왜냐하면 심한 비난조차 맹목적인 열광이나 관용적인 무관심보다 명예에 불리할 게 없기 때문이다.

이성적인 사람이라면 누구나 그리스 문학 양식은 가장 초기에는 불완전하고 가장 후기에는 진정성이 없다고 솔직하게 토로한다. 그리고 서사시 시대의 문학적 감각은 유치하고 서정시의 시대 말경, 특히 희곡의 시대 제3기에는 과도할 정도로 자유분방하며, 고전비극 초기에는 종종 잔혹할 정도로 냉혹하다는 평가를 인정한다. 정신적인 향락의 요소이자 촉진제여야 하는 감각적 쾌감을 궁극적인 목적으로 승격시킨 탐닉에 이어 무기력한 흥분이 뒤따랐다. 곧이어 나른한 피로감이 나타났으며 마지막으로 학습된 모방과 기교의 시대에 이르자 개별적인 조각들을 짜깁기해놓은 생명 없고 무미건조한 덩어리로 심각한 모습을 드러냈다.

힘차게 나아가는 전체적인 힘은, 일반적으로 재현이 욕구를 자연 그대로 표현하는 것에서 자유로운 유희로 고양된 바로 그 순간부터 아름다움을 지향했다. 그러나 자연적인 전개는 교양의 필연적인 단계들을 결코 뛰어넘지 못한 채 그저 점진적으로 나아갈 수만 있었다. 그리스 포에지가 완성이라는 최고 정점에서 가장 깊은 타락으로 침몰한 것 또한 자연스럽고 필연적인 일이었다. 즉 그리스 교양을 조종하는 충동은 강력한 주동자이지만 맹목적인 인도자다. 맹목적으로 운동하는 힘들은 자유로운 교류와 함께 다양성을 유지하면서 하나의 완전한 법칙에 의해 통일되지 않는다. 결국 그런 힘들은 스스로 파괴될 것이다. 자유로운 교양 또한 마찬가지이다. 그 이유는 합성된 충동은 인간성과 동물성의 혼합으로, 뭔가 이질적인 요소가 수용되기 때문이다. 교양의 초기 단계에는 동물성이 우세했다. 그것은 동물성이 먼저 존재하면서 인간성의 발전을 자연스레 유도했기 때문이다. 그리스에서 동물성은 개화된 민족 중에서 완전히 도야하지 못한 남녀 시민 대다수 집단, 그리고 미개한 민족들에서 압도적이었다. 한 집단이라고는 하지만, 사실 다수의 피지배자들 사이에서 소수의 지배자 집단만 성숙해져서 자립할 수 있게 되었다. 이 다수의 집단은 더 나은 집단을 타락시키는 강력한 흡입력을 지속적으로 발휘했다. 그것은 그들 속에 뒤섞여 살아가던 노예나 주변 야만인들에게 영향을 끼침으로써 엄청 증폭되었다. 외부의 압력 없이 모든 것이 오로지 자기 자신에게만 주어진다면, 교양을 나아가게 하는 힘은 결코 정지하지 않는다. 그런 까닭에 이것이 서서히 추진력을 얻으면서 힘은 제한적이지만 완전하고 합법칙적인 범주에 만족하는 시대에 이르면, 필연적으로 조화를 대가로 더 훌륭한 내용을 갈구할 것이다. 그러면 교양은 극도로 자기 자신 속에 침잠한다. 그래서 최고의 완성이라는 정상은 결정적인 타락 바로 옆에 위치한다. 오직 다양한 경험을 통해 성숙해진 오성을 지도하는 예술만이 교양이라는 도정에 더 적절하고 유리한 방향을 줄 수 있었을 것이다. **현명한 주도 원리**는 궁극의 미를 확정하고 더 나은 것을 향한 끊임없는 전진을 교양에 보장해준다. 그러나 이러한 원리가 결여되었다고 하더라도 이것은 어떤 한 시대의 과오는 아니다. 필연적이고 본질적으로 **인류 자체의 책임**이라는 비난이 있을 수 있다면, 그런 비난은 그리스 교양 전체에 해당될 것이다.

그러나 그리스 포에지처럼 그리스 교양 전체에서 나타난 생성과 몰락의 과정은 그리스 포에지가 **인기 있는 직관**이라는 주장, 말하자면 실천적인 관점에서든, 이론적인 관점에서든 직관을 통해서 예술의 객관적인 철학을 활용하고 실천할 수 있다는 주장과 전혀 모순되지 않는다. 왜냐하면 예술과 취미의 완결된 자연사는 점진적인 발전의 완전한 순환 속에서 초기의 불완전성과 후기의 타락도 포함하는데, 여기에서 그 발전의 항구적이고 필연적인 사슬 구조의 어떤 부분도 건너뛸 수 없기 때문이다. 그럼에도 그리스 포에지 전체의 특징은 객관성이다. 그리고 양식 면에서 비난받을 만한 작품들 또한 소질과 한계의 소박한 진정성을 통해, 순수한 윤곽의 가장 대담한 명확성을 통해, 도야하는 본성의 강력한 완성을 통해 모든 시대에 타당한 **모범적인 직관**이기 때문이다. 초기 그리스 포에지의 유치한 감각은 미개한 야만인들이 보여주는 가장 인위적인 세련됨보다 더 균형 잡힌 범위와 아름다운 조화를 가진다. 심지어 그리스의 인위성조차 고전적인 객관성이 있다.

야만성의 확실한 징표는 모종의 불만이라고 할 수 있다. 그래서 그리스 포에지의 아름다움에 만족하지 못하는 사람들은 전적으로 이질적인 척도를 가지고 그리스 포에지를 평가하기를 강요하고 혼란스러운 주장을 내세운다. 그리고 온갖 객관적인 것과 주관적인 것을 뒤섞으면서, 그리스 포에지가 **좀더 흥미로워져야 한다**고 요구한다. 물론 가장 흥미로운 것도 더 흥미로워질 수 있다. 그리고 그리스 포에지도 이런 일반적인 자연법칙에 있어서 예외적인 경우가 아니다. 모든 양자量子는 앞을 향해 끝없이 나아간다. 그래서 우리의 포에지가 전진을 통해 이전의 모든 시대에 비해 내용이 풍부해졌음에도 그리스 포에지를 능가하지 못한다면, 이것이야말로 놀라운 일이다.

전반적으로 근대의 남녀 관계는 그리스인들보다 조금 더 행복하다. 여성 교육 역시 더 낫다. **사랑**은 근대인에게 오랜 시간 동안, 그리고 지금도 여전히 고귀한 감정을 분출하기 위한 자발적인 유일한 탈출구였다. 그렇지 않았다면 덕이나 조국과 같은 가치에 헌신했을 것이다. 근대인의 문학예술도 이러한 사랑이라는 감정의 달콤한 부추김에 매우 많은 덕을 보고 있다. 물론 진정한 감수성을 공상이나 허풍에 떠넘기는 일이 너무 빈번했고 불쾌한 수치심으로 자연의 소박함을 모독했다. 근대의 많은 작가들이 묘사한 사랑의 형이상학 속에서 승화된 신비주의나 억지스러울 정도의 꼼꼼함은 진정한 우아함과는 거리가 멀다. 환자의 발작적인 동요는 건강한 사람의 고요하면서도 강한 생명보다 더 시끄러운 소음을 만들어낸다. 충직한 프로페르티우스[2]의 격정적인 내면은 진정한 힘과 부드러움을 아우르며 칼리마코스[3]와 필레타

2 Sextus Propertius(기원전 50~15), 고대 로마의 서정시인.

3 Callimachos(기원전 305?~240?), 고대 그리스의 시인, 학자.

스[4]의 가치를 짐작하게 한다. 그렇지만 프로페르티우스가 살던 시대에는 그리스의 완전한 서정적 아름다움을 전혀 기대할 수 없었다. 그러나 사포와 밈네르모스[5] 및 서정적인 예술의 전성기 시절에 활동하던 또다른 연애시인들의 노래를 보면 무엇을 얼마나 잃었는지를 매우 명확하게 짐작할 수 있을 정도로 충분한 흔적들이 남아 있다. 아티카의 신희극에 나타나는 성애적인 표현 속에 숨쉬던 다정한 온기와 도회적인 우아함, 자유로운 인간성은 플라우투스[6]와 테렌티우스[7]의 여러 드라마에 여전히 살아 있다. 그에 반해 비극에서만은, 그리스인이 에우리피데스를 비난할 권리가 있었다. 끓어오르는 감정을 순간적으로 분출하거나 충만한 행복을 고요히 즐기는 것이 대체 무엇이든, 추악하고 비윤리적이며 환상적인 것이 추가되는 경우에만 비극적인 열정이 펼쳐질 수 있다. 가장 탁월한 근대비극의 많은 작품에서 사랑은 종속적인 역할만 할 뿐이다.

사실 독보적으로 유리한 상황이라는 특수성 때문에 그리스 포에지를 좀 낮게 평가한다면, 이것이 용서할 수 없는 일은 아닐 것이다. 일반적으로 이것은 우연적인 것에만 집착하고 커다란 본질을 인지하지 못하는 근시안적 시각을 드러낸다. 예술가가 모든 사람에게 전부가 될 필요는 전혀 없다. 예술가가 아름다움의 필

4 Philetas(기원전 320~?), 고대 그리스의 시인.
5 Mimnermos, 기원전 7세기 후반 고대 그리스의 시인.
6 Titus Maccius Plautus(기원전 254?~184), 고대 로마의 희극작가.
7 Publius Terentius Afer(기원전 195?~159), 고대 로마의 희극작가.

수적인 법칙과 예술의 객관적 규칙만 따른다면, 나머지 부분에서는 그가 언제나 원하는 만큼 개성적이 될 수 있는 무제한의 자유가 있다. 이상한 오해로 인해서 심미적인 **일반성**을, 절대적으로 요구되는 보편타당성과 혼동하는 경우가 종종 있다. 어떤 예술작품이 궁극의 일반성을 갖추려면 그것은 **완전한 평범함**에 의해서만 가능할 것이다. 개별성은 이상적인 재현에서 보편성의 필수불가결한 요소다. 독특한 활력이 모두 사라지면, 보편타당한 것도 효력을 잃는다. 아름다운 예술은, 말하자면 신의 언어다. 신의 언어는 예술 장르나 작업 도구 및 소재의 차이에 따라서, 그와 같은 정도로 구분되는 방언으로 나누어진다. 예술가가 높은 사명을 다한다면, 즉 **신적으로** 말한다면, 완전히 마음대로 방언을 선택할 수 있는 자유가 있다. 이런 부분까지 예술가를 제한하고자 한다면, 이는 위법일 뿐만 아니라 매우 위험한 일일 것이다. 왜냐하면 언어는 가장 예민한 관계의 조직체이기 때문이다. 심지어 언어는 의미 있고 탁월해지기 위해서 언어 자체의 특색을 지녀야만 하는 것처럼 보인다. 적어도 아직까지는 모두를 포괄하는 보편적인 세계 공용어가 발명되지 않았다. 또한 예술가는 그가 좋다고 생각하는 **사람**이라면 누구와도 대화할 수 있다. 모든 국민, 이런저런 사람, 전 세계와도 대화할 수 있다. 아니면 자기 자신과 대화를 나눌 수도 있다. 다만 예술가는 그의 관객인 개개인들 사이에서 **수준 높은 인류**를 지향하는 것이 의무이자 당위다. 동물성을 지향해서는 안 된다.

만약 근대 포에지가 그리스의 비밀을 발견했다면, 독특함을 유지하면서도 객관적일 수 있는 개성이 근대 포에지의 재량으로 남았을 것이다. 대신에 근대 포에지는 종래의 특징들을 인류의 자연법칙으로 고양하려고 한다. 근대 포에지는 미적, 도덕적, 정치적, 종교적인 선입견의 노예가 되는 데 그치지 않고, 그리스의 자매품마저 유사한 사슬로 묶으려 한다.

근대적 예의Dezenz의 관습적인 규칙이 아름다운 예술의 유효한 법칙이라면, 그리스 포에지는 구원받을 수 없다. 그리고 우리가 일관성을 유지하려면, 수도사들이 고대의 나신상裸身像을 다루듯 그리스 포에지를 처리해야만 한다. 그러나 예의라는 개념으로 포에지에 어떤 것도 명령해서는 안 된다. 예의는 그 어떤 명령도 내릴 권한이 없다. 그리스인과 로마인의 삶과 예술에서 나타나는 노골적인 나체는 동물적인 천박함이 아니라 있는 그대로의 자연스러움이며 자유로운 인간성이고 공화주의적인 공공성이다. 순수한 수치심의 감정이 그리스인들처럼 그렇게 토착적이고 천성적이었던 민족이 없었다. 순수한 수치심의 근원은 윤리적인 두려움이며 가슴에서부터 우러나오는 겸손함이다. 그에 반해서 거짓 수치심은 동물적인 공포나 인위적인 선입견에서 나온다. 거짓 수치심은 오만이나 시기를 통해 인식할 수 있다. 그런 음험하고 위선적인 본성은 더럽혀진 내면에 대한 깊은 자각을 드러낸다. 또한 그런 본성을 감춘 거짓의 우아함은 품행이 나쁜 노예의 추한 화장이며 쇠약한 야만인의 여성적인 장식물이다.

그리스 포에지의 도덕성에 대한 이의 제기가 더 중요한 것처럼 보인다. 누가 순수한 마음에 상처를 줄 수밖에 없는 것을 미화하거나 또는 중요하지 않은 것으로 간주하려 했는가? 다만 여기에 참여하려는 사람은, 갓난 헤르메스의 재롱을 묘사한 **헤르메스 송가**의 유쾌하고 천진난만한 표현에 대해 화를 낼 정도로 변덕스러운 기분에 사로잡혀서는 안 될 것이다! 틀림없이 이런 이의 제기에는 몇 가지 정당성이 있다. 다만 가장 중요한 본질적인 관점과 진정한 맥락이 부족한 것처럼 보인다. 특히 어떤 예술작품의 도덕성이나 비도덕성을 따지는 경우 본질적인 것과 우연적인 것을 구분해야 한다. **본래 미적으로 비도덕적**이라는 것은 **현상적으로 나타난** 것이 정말 악한 것으로, 그 인상이 도덕적으로 선한 모든 감정을 필연적으로 모욕할 수밖에 없다. 이런 악의 현현顯顯은 추하다. 그런 까닭에 본질적으로 미적인 도덕성—일반적으로 **도덕성**은 욕망의 범주 내에서 순수한 인간성이 동물성보다 우세하다—은 완전한 아름다움의 필수 요소다. 그리스 포에지 초기의 관능성과 후기의 무절제는 도덕성의 결핍과 위반일 뿐만 아니라 미의 결핍과 위반이기도 하다. 그러나 아티카 민족이 그들 자신의 몰락을 매우 극심하게 느꼈다는 것, 그리고 아테네인들이 에우리피데스나 키네시아스 같은 몇몇 겸손하지 않은 시인들을 격렬하게 단죄하고 증오했던 것은 정말 놀라운 일이다. 그들은 작품 속에 그들 자신만의 바람을 투영하거나, 대중의 마음을 강하게 빼앗는 흐름을 쫓는 시인들이었다.

그리스 작가들도 부족한 점이 있다. 하지만 근대 작가들은 그것으로부터 안전하다. 좋은 훈육과 질서라는 가장 강력한 통제를 통해서 길든 힘을 지키는 것이 훌륭한 재주는 아니다. 하지만 소질을 마음껏 자유롭게 발휘할 수 없는 곳에는 좋은 도덕도 나쁜 도덕도 존재할 수 없다. 아리스토파네스의 의도적인 모독 행위에 대해 불쾌감을 느끼는 사람은 이해력의 부족뿐만 아니라 도덕적 성향과 교양의 미숙함을 입증하는 것이다. 왜냐하면 시학 규칙을 무시한 아리스토파네스의 파격과 일탈은 부유하고 향락적인 삶으로 인해 몹시 매력적일 뿐만 아니라, 샘솟는 재치와 풍부한 영혼, 그리고 가장 자유롭게 생동하는 도덕적인 힘으로 인해 황홀할 정도로 아름답고 고결하기 때문이다. **우연히 미적으로 비도덕적**이라는 것은 악이 현현하지 않은 상태이긴 하지만, 본성에 따라서 기질과 연상聯想의 주관적인 조건 아래서는, 특정한 비도덕적인 사유 방식이나 행위를 유발시킬 수 있다. 제아무리 탁월하다고 할지라도 우연적인 상황에 의해 오염되지 않을 수 있을까? 우리는 오직 절대적으로 무효인 것만이 완벽하게 위험하지 않다는 애매모호한 찬사를 한다. 조직이 파괴되거나 감지되지 않는다면, 예술작품은 더이상 존재하지 않는다. 그리고 해체된 소재의 영향력은 예술가와 아무런 상관이 없다. 게다가 그 작가에게 학문적인 진리를 기대할 수 없다. 비극작가는 범죄를 미화할 가능성을 피할 수 없는 경우가 종종 있다. 비극작가는 강한 열정과 잔인한 사건을 필요로 한다. 그렇지만 언제나 총체성의 법칙이 허용하는 범위 안에서 등장인물들의 도덕을 고상하고 아름답게 재현해야 한다. 그러나 오레스테스[8]나 파이드라[9] 같은 인물들을 보고 범죄의 유혹에 빠진 사람은, 희극에서 관능적인 창녀나 교활한 사기꾼, 그리고 영리하고 기생적인 등장인물들을 모범으로 삼으려는 사람처럼 죄의 책임을 전적으로 자기 자신에게 돌려야만 할 것이다! 정말 작가 스스로 비도덕적인 의도를 가질 수 있다. 그럼에도 그의 작품은 비도덕적일 수 없다.

퇴폐적인 비극의 열정, 희극의 가벼움, 후기 서정시의 화려함이 그리스 도덕의 몰락을 **가속화했다**는 것은 논란의 여지가 없다. 재현예술의 노골적인 반작용은 이미 명백한 대중의 도덕적 타락을 강화하는 동시에 한층 더 빠른 속도로 침몰시켰다. 그러나 이것은 전적으로 인간 교양의 완전한 총체성을 담보하는 **정치적 평가**의 소관이다. 그에 반해서 **미적인 판단**은 취미와 예술의 교양을 우주적인 맥락에서 분리시킨다. 그래서 아름다움과 재현의 영역에는 오직 미적이고 기술적인 법칙만이 적용된다. 정치적인 평가는 그 무엇보다도 최고의 관점이다. 즉 도덕적이고 미적이며 지적인 판단은 종속적인 관점이며 **그들은 서로 동등하**다. 아름다움은 도덕성과 마찬가지로 인간을 규정하는 근본적이며 본질적인 요소다. 이런 모든 구성요소들은 상호 **법적 평등** Isonomie이라는 관계 속에 있어야 한다. 그리고 아름다운 예술은 **법적 자립**(자율성)Autonomie에 대한 양도할 수 없는 권리를 갖는다. 인간 교양의 전체를 조종하고 정리하는 지배권은 이런 기본 법칙에 충실해야만 한다. 그렇지 않을 경우 지배 권력 스스로 지

8 Orestes, 그리스신화에 나오는 미케네, 아르고스, 스파르타의 왕으로, 아버지 아가멤논의 원수를 갚기 위해 어머니 클리타임네스트라를 살해했다.

9 Phaedra, 테세우스의 후처로, 테세우스의 전처소생의 아들 히폴리투스를 보고 첫눈에 사랑에 빠진다. 하지만 사랑이 거절당하자 그가 자신을 강간했다는 거짓말을 했다. 이에 테세우스는 아들 히폴리투스를 죽였고, 파이드라는 죄책감에 스스로 목숨을 끊었다.

배권을 뒷받침해주는 근거를 무효화시킨다. 모든 감수성을 구성하는 힘 하나하나와 전 인류를 구성하는 개개인을 통합하는 것이 정치적인 기능이 지닌 사명이다. 정치적 예술은 이런 목적을 위해 헌법에 의거한 기본법을 손상하지 않는 선에서 개인의 자유를 제한해도 된다. 단 정치적 예술이 전진적인 방향을 저지하지 않고 장차 완성될 자유를 불가능하게 만들지 않는다는 조건하에서다. 말하자면 정치적인 예술은 자기 자신이 불필요해지도록 노력해야만 한다.

우리가 시예술 범주의 경계선을 어느 정도까지 오인하는지는 정확성에 대한 오만한 요구에서도 확인할 수 있다. 판단하는 예술 해부학자가 일단 예술작품의 아름다운 유기적 구성을 해체하여 하나의 기본적인 덩어리로 분석한 뒤, 이 덩어리를 가지고 여러 물리적인 실험을 실시하여 자랑스러운 결과를 이끌어낸다면, 그런 비평가는 매우 분명하게 자기 자신을 속이는 것이다. 왜냐하면 예술작품은 더이상 존재하지 않기 때문이다. 이런 식으로 내적 모순을 헤아릴 수 있는 작품은 없다. 그러나 드러나지 않는 내적 모순은 예술적인 진리를 해치지 않는다. 이런 내적 모순은 문학적으로 절대 존재하지 않는다. 특히 프랑스 및 영국의 초기 비평가들은 그런 식으로 억지 궤변을 늘어놓는 데 통찰력을 남용했다. 지금 레싱의 비평에서도 여기저기에서 그런 기교를 연상시키는 부분들을 찾을 수 있는 것 같다. 일반적으로 나는—이론을 아무리 높게 평가한다 해도—예의의 이론보다 예의바른 감각Gefühl des Schicklichen이 비평을 하는 데 더 중요하다고 생각한다. 그리스인은 다른 민족보다 그런 감각에 있어서 조금이라도 더 탁월했을 것이라 짐작된다. 그렇기 때문에 우리는 그들을 비난할 때 적어도 매우 조심해야만 한다.

정확성을 열렬히 지지하는 사람들이 미를 고려하지 않은 채 기교의 원칙에 따라 인위성의 최대치를 요구하는 것은 부당하다. 또는 부자연스러운 혼합이 아니라 원초적으로 순수한 예술 양식과 제한된 방향성 속에서 완성된 예술 양식을 단순히 비난하는 것 또한 마찬가지다. 예술은 미의 수단일 뿐이다. 제한적으로나마 이 목적을 이룰 수 있는 자연적인 문학 양식은 그 나름대로 유용하다. 물론 순수한 문학 양식 가운데서도 힘과 범위에 있어서 아주 커다란 차이가 생긴다. 그러나 기형적인 혼합과 미성숙한 양식이 예술가의 부족함에서 기인한 것이고 교양의 필수 단계에 근거한 것이 아니라면, 무조건적인 질책을 받을 만하다.

또 아티카 비극에 나오는 격언이나 특히 운명을 다루는 방식에 대한 일반적인 문제 제기는, 미적인 판단에 부지불식간에 강한 영향을 미치는 주관적인 요소를 얼마나 조심해야 하는지를 보여주는 놀랄 만한 예다. 대체로 그리스의 과학적 교양은 우리 시대보다 훨씬 뒤처져 있었다. 극작가는 대중성을 갖추기 위해서 철학적인 이야기를 덜 해야만 했다. 그런 까닭에 비극의 합창 부분에 등장하는 철학적인 격언은 늘 불명료하고 혼란스러우며 통속적인 경우가 매우 빈번했다. 그것은 근본부터 잘못된 것일 수 있다. 내가 위에서 묘사한 유사한 화학적 과정을 통해서, 그런 철학적 격언들 중 많은 부분에서 분명히 도덕적 오류들이 도출될 수 있다. 엄밀한 발전 과정을 거쳤다면 그런 것은 가장 순수한 도덕과는 화해할 수 없는 오류들이다. 나는 눈앞에 드러나지 않는 모든 것은 미학적 지평선 너머에 있다는 사실을 다시 한번 강조하지 않을 수 없다. 본래 문학작품의 내용이 풍부하고 정확한지, 그리고 완결된 사유를 보여주는지는 전혀 중요하지 않다. 철학적인 관심은 그것을 수용하는 주체가 가진 지적 교양의 정도에 좌우된다. 그리고 시공간에 따라 달라진다. 다만 신념만은 원래 기술적인 정합성의 조건들이 허용하는 한에서 숭고하고 아름다워야 하며, 제자리에 완전하게 합목적적이어야 한다. 먼저 자기 자신을 벗어난 뒤에야 비로소 자기 자신으로의 귀환이 이루어진다. 관찰의 동기를 부여해야만 한다. 그리고 관찰은 인류와 운명의 투쟁을 조정하여 전체의 균형을 견디도록 노력해야만 한다. 아름다운 감각이 신적인 것들에 대한 예감을 기존의 형상언어들을 통해 표현한다면, 그것은 어쩌면 학문에 엄청난 혼란을 부추길 수 있다. 그러나 재현예술에는 그것이 단점이라기보다는 오히려 장점일 수 있다.

아이스킬로스의 비극에서는 운명의 일치에 대한 미련이 남는다. 그러나 소포클레스는 시적인 진실—내적인 가능성—을 파괴하지 않고도 가능한 한 늘 완벽할 정도로 흡족한 화해를 이끌어낸다. 대단원의 마지막이 인류의 빛나는 승리가 아닐지라도, 최소한 명예로운 후퇴다. 그러나 소포클레스는 대상을 묘사할 때 재현할 수도, 드러낼 수도 없는 것을 뒤섞지 않는다. 소포클레스는 유한한 존재가 꿰뚫어볼 수 없는 영원한 장막 너머 모두가 인정하는 자연의 신성을 통해서가 아니라, 눈에 보이는 인간의 신성을 통해서 온갖 불협화음을 해소하고 완전한 만족을 베풀려고 노력한다. 신의 왕국은 미의 지평선 너머에 있으며, 현상의 세계에서는 정신도 활력도 없는 공허한 그림자일 뿐이다. 작가 소포클레스는 천인공노할 악행이나 선과 행복 사이 전대미문의 불화를 통해서 우리의 분노를 불러일으킨다. 이어서 그는 악이 처벌되는 광경이나 그러한 세상에 대한 표현이 허락한 보잘것없는 만족을 통해서 어떤 책임으로부터도 벗어났다고 믿는다. 소포클레스는 이러한 방식으로 예술가로서의 지혜를 최소한이나마 드러낸다.

5.
새로운 포에지의 재탄생에 대하여[1]

우리는 다음과 같이 생각할 수도 있다. "'그리스인의 모방이 진정 순수하고 아름다운 시예술을 되살릴 수 있는 유일한 방법이라는 주장은 사실이다'라고 아주 오래전부터 전해져왔으며 끊임없이 반복되는 말이다. 그렇지만 이 오랜 주장은, 매우 다양하게 시도했으나 전체적으로 실패로 끝난 경험과 배치된다. 어떤 도서관을 가든(그곳이 그리스인 모방의 진짜 고향이기 때문에) 그리스인의 모범을 따라 제작된 수많은 인위적 모방품 사이를 통과해야만 한다. 영구성도 독자적인 힘도 없는 그림자 같은 존재인 그런 작품들은 모두 이내 비참한 죽음을 맞이한다. 그리스 양식

1 1822년에 출간된 재판의 본문 첫 부분에는 다음과 같은 각주가 달려 있다. "5장. 고내 문학 모방의 실수와 오류에 대하여, 그로 인해 방해와 어려움에 직면한 근대 작가들에 대하여. 전체적인 결론은, 특히 독일에서 새로운 포에지의 재탄생에 대하여." 이에 근거하여 소제목을 붙였다.

과 가장 단적으로 대조되는 근대의 시들은 온갖 기이한 실수에도 불구하고 젊은 활기를 내뿜고 있는데, 그것은 근대의 시작품들이 천재적인 독창성으로 가득차 있기 때문이다."

그 책임은 그리스 포에지가 아니라 모방의 기교와 방법에 있다. 즉 민족적 주관성이 지배하는 한, 그리고 오로지 흥미로운 것만을 추구하는 한, 그런 모방은 필연적으로 편파적으로 끝날 수밖에 없다. 그리스 포에지를 완전히 알고 있는 사람만 그것을 모방할 수 있다. 그리스 문학 전체의 객관성과 개별 작가들의 아름다운 정신, 그리고 황금시대의 완전한 양식을 온전히 내 것으로 소화한 사람만이 그리스 포에지를 진정으로 모방할 수 있다.

그리스 포에지에서 객관적인 것과 지역적인 것을 분리시키는 것은 한없이 어려운 일이다. 이 둘은 각각의 구성물로 분리되지 않고 완전히 녹아서 하나가 된다. 가지 많은 나무에서 또 뻗어나간 아주 가느다란 잔가지 부분까지 객관적인 것이 퍼져 있다. 그러나 그런 상황에서도 개성적인 것이 구성 요소이자 기관으로 어디에나 뒤섞여 있다. 오늘날까지 우리는 그리스의 예술형식과 기관에서 개성적인 것을 너무 자주 모방했다. 우리는 흥미로운 것의 원리를 고대 문학으로 옮기면서, 또는 그리스 예술이론이나 개별적으로 좋아하는 작가에게 전체의 정신에만 귀속되는 권위를 부여하면서, 혹은 천재나 청중 및 이론의 권리로 인정받을 수 있는 것보다 더 큰 권위를 부여하면서, 고대인들을 근대화했다.

생리학자들과 잠언시인들의 작품인 신통기처럼 초기 교훈시는 포에지의 신화시대에만 본래의 자리를 찾는다. 왜냐하면 당시 철학은 자신의 모태인 신화로부터 완전히 벗어나서 확실하게 분리되지 않았기 때문이다. 운율은 전통적으로 자연적인 요소이고 산문이 형성되기 이전의 시적인 언어는 고차원적인 정신을 전달하는 일반적인 기관이다. 이 같은 일시적인 상황과 더불어 교훈시 형식의 자연스러움과 정당성은 사라졌다. 그리고 현학적인 예술 시대의 후기 교훈시에는 전혀 효력 없는 원칙만 남았다. 즉 우쭐한 거장의 인위성을 까다로운 소재를 통해 의도적으로 과시하는 것만 남았다. 그와 동시에 좋은 양식을 갖춘, 진정으로 아름다운 교훈시의(심미적인 의도를 지닌 아름답고 교훈적인 소재의 이상적인 재현의) 가능성을 부정하지 않았다. 지금 이 자리에서 플라톤의 대화편 몇 개가 시적인 철학 명제인지, 아니면 철학적인 시인지 결정할 수는 없다. 하지만 그것으로 충분하다! 이른바 그리스 교훈시라고 불리는 것 중에 그런 시는 없다.

심지어 **그리스 서사시**도 지역적인 형식에 불과할 뿐인데, 사람들은 독특한 형식이라고 스스로를 속였다. 이 서툰 시 양식은 문명화된 역사와 모범적인 희곡이 없는 시대에 가장 적합하다. 또한 영웅전설이 유일무이한 역사인 시대, 그리고 인간적인 신들과 신과 영웅이 교류하는 것이 일반적인 민족신화이던 시대에만 그랬다. 물론 한 민족이 세월이 가면서 다시 퇴행할 수 있다는 사실도 이해할 수 있다. 그러나 그리스의 서사시는 신화시대에 화려한 전성기를 구가했기 때문에 심지어 **알렉산드리아와 로마의 서사적인 예술작품**조차도 어느 정도의 근거와 토대를 갖는다. 문학과 신화는 고대적 교양 전체의 싹이자 원천이었다. 서사시는 신화적 교양의 본질적인 정수였다. 그다음 시대의 학구적인 시인들도 특정한 소재와 개화된 도구를 스스로 찾아냈다. 감수성은 준비되었고 모든 것이 조직되었으며 어떤 것도 강요되지 않았다. 이에 비해 근대 서사시는 아무런 발판도 없이 텅 빈 공간에 떠 있다. 위대한 천재들이 헤라클레스의 힘을 사용하여 무에서 서사적인 세계를, 가장 유리한 신화를 창조하려고 시도한다. 위대한 인물은 한 민족의 전통(민족적인 판타지)을 계속 계승하며 이상화된다. 하지만 변형시키거나 무에서 창조할 수 없다. 예를 들어 북유럽의 우화는 논란의 여지 없이 가장 흥미로운 고대 유산에 속한다. 그러나 그것을 되살리려는 작가는 평범하고 진부한 인물에 머물 수밖에 없다. 아니면 그가 독창적이고 정확한 인물이 되려면, 자기 자신의 글에 스스로 주석을 달아야 하는 위험에 빠지게 될 것이다.

호메로스 같은 작가를 기대하는 것은 헛된 일이다. 그렇다면 우리는 왜 오로지 베르길리우스[2] 같은 시인만 원해야 할까? 그는 완전한 아름다움과는 너무 거리가 먼 인위적인 양식을 추구하지 않았던가? **낭만적인 시**das Romantische Gedicht를 그리스·로마의 서사시와 비슷하게 형상화하려는 시도는 모두 실패했다. 타

2 Publius Vergilius Maro(기원전 70~19), 고대 로마의 시인. 애국심과 풍부한 교양, 시인으로서의 완벽한 기교 등으로 '시성(詩聖)'으로서의 대우를 받았고, 특히 옥타비아누스의 후대를 받았다. 「농경시」, 미완성 작품인 장편서사시 「아이네이스」 등의 대작을 남겼다.

소[3]는 다행히 중도에 포기해서, 낭만적 양식과 너무 멀리 있지는 않았다. 타소를 이탈리아인들이 좋아하는 시인으로 만든 것은 틀림없이 전체적인 구성이 아니라 몇 개의 개별적인 구절들 때문이다. 이미 아주 초기부터 그의 낭만적 시에 묘사된 열정적인 인생과 고결한 인물 속에는 가벼운 농담이 담겨 있다. 그것은 대담한 풍자로 이어지기도 했다. 이러한 창작 양식은 풀치[4]에서 리차르데토[5]에 이르는 지속적인 특징이다. 그리고 빌란트는 자신의 거의 모든 낭만적인 시에서 가벼운 농담에서 노골적인 풍자까지 익살스럽게 섞어서 다양하게, 점점 더 새롭고 점점 더 적절하게 뉘앙스를 표현함으로써 그런 양식을 충실하게 따랐다. 분명 이것은 우연이 아니었다. 낭만적 우화와 낭만적 외관은 아름답고 소박하게 구성된 서사시에 유리한 소재가 되기 위해서, 원초적인 교양 속에서 점점 더 인간적이고 아름다워져야 했다. 타소는 정통 서사시에 대한 근대 비평가들의 요구에 부합하지 않은 요소를 너무나 많이 가지고 있지 않았던가? 민족적인 판타지의 영역에서 아주 멀리 있지 않은 작가들만이 그 민족의 입에 오르내리고 민족의 가슴에 자리를 잡고 생명을 이어간다. 이에 반해 제멋대로 행동하는 작가들은 보통 도서관에서 썩어버릴 비극적인 운명에 처한다. 그런 운명은 언젠가 아름다움에 대한 감각을 지니

3 Torquato Tasso(1544~1599), 이탈리아의 시인. 르네상스 문학 최후의 시인으로 그의 최대의 걸작 『해방된 예루살렘』은 후기 르네상스 정신을 완전히 종합한 것으로 유럽 문단에 큰 영향을 주었다.

4 Luigi Pulci(1432~1484), 이탈리아 피렌체의 시인.

5 이탈리아 시에나의 시인인 포르테게리(Laudomia Forteguerri, 1515~1555)의 필명이다.

고, 도서관에 묻혀 있는 진정한 재능을 발견하고 평가할 줄 아는 문필가가, 매우 드물겠지만(!), 나타날 때까지 계속된다. 대체 낭만적 우화나 기독교의 성담聖譚을 이상적인 아름다운 신화로 변용시키는 가장 대담한 시도들이 성공한 적이 있던가? 그런 적은 결코 한 번도 없었다!

"자연은 갈퀴로 쫓아내도 끊임없이 되돌아온다Naturam expelles furca; tamen usque recurret."

(호라티우스의 『사도들 I』 10. 24)

야만적인 대중에게 그리스인의 영혼을 불어넣는 것은 불가능했고 지금도 여전히 불가능하다. 즉 기이한 것, 힘, 자극적인 삶에 적절한 비율과 자유로운 조화, 요컨대 아름다운 조직이 부족하다 하더라도, 비극적인 긴장 상태를 유발할 수 있다. 그 긴장 상태는 소박하고 순수하게 커다란 전체로 확산되지만, 단조로움Monotonie과 냉담함Frost이 없으면 오래 유지될 수 없다. 야생의 초자연적인 위대함은 자신과 극단적으로 대립 관계에 있는 것에 대해 거부할 수 없는 동경을 갖고 있다. 따라서 비극적 판타지는 풍자와의 통합이라는 유익한 방식을 통해서만 태도와 영속성을 획득한다. 비극과 희극의 이런 기이한 조합은 새로운 매력적인 혼합물 특유의 아름다움이 된다. 이런 조합은 원래 기형적이지도 않았고 원래부터 금지됐던 것도 아니었다. 이것은 힘과 일관성에 있어서 순수한 유형, 특히 비극 유형에 비해 매우 뒤떨어진다. 그러나 재현예술의 목적인 아름다움에 도달할 수 있는 형식, 기계적으로 꾸민 것이 아니라 조형적인 자연을 통해 유기적으로 생산된 형식은 전혀 비난받을 이유가 없는데, 그것은 모든 형식을 제한하는 경계선이 여기에서는 어느 정도 더 좁게 그어지기 때문이다. 예술의 영역에서 **변종**은 권리가 좀 적긴 하지만, 그럼에도 완전한 시민권이 있다. 근대 포에지의 가장 매력적인 전성기가 비록 외면적이고 지역적인 형식은 많이 다르더라도, 본질적인 특성에서는 그리스 포에지의 변종들과 많은 점에서 매우 일치한다는 것은 놀라운 일이다. 그리스의 예술 기법에 따르면, 로망스는 **풍자적인 서사시**다. 대립적인 요소들이 철저하게 상호 융합되어 있는 실제 자연의 원초적인 거친 에너지가, 아티카의 연극에서는 비극적인 에너지와 희극적인 에너지로 분리되었다. 그리고 곧 다시 혼합되어 비극적인 요소가 아주 약간 우세한 양상을 띠었다. 그것은 대립된 두 개의 힘이 만나서 완전한 균형을 이루면 자기 자신을 지양하기 때문이다. 이런 혼합에서 사티로스극이라는 변종이 발생했다. 그중에서 중간 정도의 기교와 나쁜 양식으로 이뤄진 것만이 유일하게 남았다. 도리아인의 연극을 개괄하자면 앞에서 언급한, 차이가 나는 단계까지는 결코 이르지 못했다. 그리고 도리아인이 지닌 천부적인 유쾌한 위트는 주관적이고 지역적이며 서정적일 뿐 결코 객관적이거나 진정으로 연극적이지 않았다. 그렇지만 도리아인의 무언극에 여전히 섞여 있는, 자연 그대로의 활력 속에서는 희극적인 것이 우위였다. 호메로스의 『마르기테스』, 프라티나스[6]나 아이스킬로스의 몇

몇 사티로스극, 그리고 도리아 분위기가 분출된 소프론[7]의 무언극이나 린톤[8]의 희비극Hilarotragödie이 남아 있었다면, 우리는 거기에서 평가의 척도를 얻었을 것이다. 적어도 신성한 거장 아리오스토[9]의 매력적인 그로테스크풍의 작품이나 빌란트의 환상극에 나오는 쾌활한 마술과 흥미로운 비교를 할 수 있는 계기가 되었을 것이다. 로맨스의 환상적인 마법을 비극적인 서사시로 이상화하기를 원했던 진지한 사람들은 **적절성**das Schickliche을 놓치고 말았다. 또한 근대인의 서사적인 탈리아[10](낭만적 모험담)는 근대인을 경멸하는 자들에게 잔인하게 복수했다. 왜냐하면 그런 자들은 전혀 아무것도 의심하지 않는 전체 관객 앞에서 스스로를 희화화했기 때문이다.

비극에서 신화적인 소재를 사용하는 것은 서사시에서와 비슷한 어려움이 있다. 토속적인 우화와 비극은 어울리지 않는다. 이민족의 우화나 시대에 뒤떨어진 낡은 우화는 진부하거나, 너무 현학적이어서 이해할 수 없거나 둘 중 하나다. 역사적인 소재나 새로 고안된 소재는 작가와 청중을 몹시 구속한다. 무거운 짐이 전체의 자유로운 교양을 억누르는 것 같다. 관객들을 적응시

6 Pratinas, 5세기 초 아테네의 비극작가.

7 Sophron(기원전 400년경), 산문 대화극인 미모스극의 창시자이자 그리스의 극작가.

8 Rhinthon(기원전 300년경), 그리스의 희극작가.

9 Ludovico Ariosto(1474~1533), 르네상스기를 대표하는 이탈리아의 시인.

10 Thalia, 그리스신화에 나오는 아홉 뮤즈 가운데 한 명으로, 희극과 발랄한 전원시, 목가 등을 관장한다.

키는 것만으로도, 그리고 알려지지 않은 낯선 것을 소개하는 것만으로도 정말 번거롭지 않겠는가? 그리스 비극작가는 온 세상에 알려진 신화를 이용하여 곧장 목표를 향해 갈 수 있었고, 관객들의 편견 없는 관심은 저절로 그 형식에 더 많이 주목했으며 묵직한 소재에 너무 노예적으로 집착하지 않았다. 완전히 자연 그대로인 소재를 철저하게 시화詩化하고, 하찮은 세부 사항을 단순하고 커다란 아우트라인으로 확장한다. 특히 해체될 수 없는 자연의 혼합물을 정해진 이상적인 비극의 방향에 부합되도록 정화하는 것은 정말 헤라클레스적인 노동을 필요로 한다. 형식과 소재 사이의 필수적인 균형은, '진정 아름다운 비극이 아직도 가능한지'에 대해 의구심이 들 정도로 새로운 비극작가를 끝없이 힘들게 만든다. 더구나 우리 시대의 인위적인 문화에서는 고유한 모든 양식이 혼란에 빠지고 흐릿해진다. 그렇지만 자연이 스스로 극작가에게 그가 가야 할 길을 강한 손짓으로 알려주는 것이, 그리고 비극적인 것과 희극적인 것의 분리를 수월하게 해주는 것이 필연적인 것처럼 보인다. 나는 여기에서 독일을 예를 인용할 수 있게 되어 기쁘다. 이것은 큰 희망을 갖게 만들고 갖가지 의구심을 진정시키게 만든다. 즉 비극에 대한 실러의 천부적인 재능은 결정적이다. 마치 대담한 스케치를 통해 도야하는 본성을 최고로 감동적인 순간에 순식간에 휘갈겨 그려내는 아이스킬로스의 특징과 닮았다. 아이스킬로스는 그리스 작가가 왜 비극과 희극을 함께 쓰는 것이 불가능한지를 상기시킨다. 사실 『돈 카를로스』를 보면 캐릭터의 아름다움이나 전체의 아름다운 구성을 추구하는 강한 노력이 소재의 엄청난 무게와 인과관계의 인위적인 메커니즘 때문에 억압되거나 방해받고 있다. 그러나 비극적인 활력의 세기는 독창적인 힘의 크기를 입증한다. 뿐만 아니라 비극적인 활력의 완전한 순수성은 예술가가 적대적인 소재를 누르고 획득한 승리를 입증한다.

그리스 포에지에서 객관적인 것과 지역적인 것을 혼동하는 것에 대해서 사실 책 한 권은 금방 쓸 수 있다. 나는 이미 언급한 것에 몇 가지 암시를 짤막하게 덧붙이는 것으로 만족하려 한다.

그리스 서정시가 가장 아름답게 꽃피던 시절에 산문과 공적인 웅변술은 아직 요람 속에 있었다. 음악, 그리고 리듬감 있고 신화적인 시인의 언어는 남성적이거나 여성적인 아름다운 감수성을 분출하기 위한 자연적인 요소였으며 축제를 즐기는 민중의 기쁨과 공공의 감격을 담아내는 참된 기관이기도 했다. 일반적으로 서정시인은 그리스 시인처럼 순수한 언어로 말하는 것처럼 보여야 한다. 관복을 빌려 입고 눈에 띄려고 애쓰는 것은 아닌가 하는 의구심이 조금이라도 들면, 그가 자아내는 온갖 트릭과 효과를 산산조각내버릴 것이다. 개인의 마음 상태를 재현하든, 전체 민중의 상태를 재현하든 서정시인은 말할 수 있는 진짜 자격을 가져야만 한다. 재현된 상황은 결코 꾸며낸 것이 아니라, 적어도 이미 알려진 대상 속에서 진정한 동기를 찾아야만 한다. 아무리 작가에게 대상을 무제한적으로 다룰 자유가 있다 하더라도 그렇다. 왜냐하면 머리를 쥐어짜서 만들어낸 서정적인 상황은 그 자체로 어떤 희곡에서 떨어져나온 부스러기에 불과할 것이기 때문이다. 말하자면 전적으로 고안된, 미지의 대상에 서정적인 상황이 부속될 수밖에 없다. 그런 대상을 재현하는 것만으로 이미 희곡의 영역을 침해할 수밖에 없다.

초기 그리스의 교훈담과 더불어 격언시Epigramm가 있어야 할 자리는 신화시대다. 이에 반해 후기의 격언시는 기교와 타락의 시대에 속한다.

목가적인 삶의 관심이 소재에 있다면, 그리고 관객들이 살고 있는 특정한 세계와 대립되는 것에 있다면, 이것은 절대적으로 미적인 타율성이며 전적으로 비난받을 만하다. 게다가 본래 서정적인 분위기와 열광을 서사시나 연극의 방식으로 표현하는 것은 예술가의 도착倒錯이거나 일반적으로 예술의 몰락을 확실하게 보여주는 징표이다. 시골이나 가정생활을 아름답게 그리는 일에 대한 것이라면, 호메로스가 모든 목가적인 작가들 가운데 가장 위대한 작가다. 그러나 자연스러움을 인위적으로 모방하는 일은 언제나 알렉산드리아인에게 맡기고 싶었을 것이다.

포스[11]의 호메로스 번역은 그리스 시인의 언어를 독일어로 얼마나 충실하고 적절하게 모방할 수 있는지를 보여주는 훌륭한 사례다. 포스의 이상은 완벽하게 수행되는 것인 만큼, 논란의 여지 없이 충분한 사유를 거쳤다. 그러나 이 위대한 번역자의 유혹에 빠져 그리스인을 모방하는 자에게 저주가 있을지어다! 그리

11 Johann Heinrich Voβ(1751~1826), 독일의 고전주의 시인. 호메로스의 『오디세이아』(1781)와 『일리아스』(1793)를 독일어로 번역했다.

스인은 아주 긴밀하게 서로 융합되어 있다. 그렇기 때문에 그리스인을 모방하는 자가 지역적인 형식으로부터 객관적인 정신을 구분해낼 수 없다면 길을 잃고 말 것이다. 근대의 위대한 역사 예술가 **요하네스 뮐러**[12]의 불멸의 업적인 『스위스 역사』는 가장 위대한 로마 양식으로 기획되고 완성되었다. 뮐러의 작품은 한 권 한 권 떼놓고 봤을 때, 온전히 고대인의 진정한 감각이 숨쉰다. 그럼에도 전체적인 측면에서는 다시 작위적으로 여겨지는데, 그것은 고전 정신과 더불어 고대의 개성도 영향을 미치고 있기 때문이다. **클롭슈토크**[13]는 『문법적 대화』라는 책에서 독일어가 그리스인과 로마인의 표현을 모방하는 데 얼마나 많은 능력을 발휘할 수 있는지를 포스와는 전혀 다르지만 마찬가지로 명백하게 입증했다. 고전 번역의 이런 예들은 각각 나름대로 경탄할 만큼 완전하며 동시에 다양하기도 하다. 그 탁월함은 가장 진실하고 순수하며 가장 강력하고 만족스러운 독일어를 사용하면서도 원어에 가급적 충실하다는 데 있다. 나에겐 두 가지 번역 방법이 진정한 취미의 일반적인 확산에 있어서 마찬가지로 필수적이라고 여겨진다. 가장 위대한 고대 시인들 중 몇 사람이 포스나 클롭슈토크의 스타일로 번역될 때에야 비로소 보편적인 취미에 큰 영향을 미치고 철저한 개선에 이를 것이라는 기대를 할 수 있다.

그리스어와 독일어의 운율적 유사성에 있어서(비록 좀 다를지

12 Johannes von Müller(1752~1809), 스위스의 역사가, 출판인, 정치가.

13 Friedrich Gottlieb Klopstock(1724~1803), 독일의 시인. 독일 시의 개혁자이자 힘찬 종교적 감정과 열광적인 예언자적 성격을 담은 작품을 통해서 젊은 날의 괴테를 비롯하여 독일문학계에 큰 영향을 미쳤다.

라도) 독일어에 행운을 빌어도 될 것이다. 다만 이런 유사성의 범위를 착각하지 말아야 한다! 예를 들어 그리스의 기본 원칙에 따르면, 장단격을 본질적인 구성 요소로 수용하는 6각운 시구는 결코 서사시의 운율이 될 수 없다. 왜냐하면 서사시의 운율이 완전히 무제한으로 지속될 수 있으려면, 반드시 그것의 방향이 불확실해야 되기 때문이다. 일정한 방향을 향한 무한한 움직임, 서정적 운율의 서사적인 사용은 필연적으로 끝없는 단조로움을 야기한다. 그리고 결국 최고조의 집중적인 몰입도 지루하게 만든다. 고대 운율의 음악적 원리는 보통 근대 운율의 음악적 원리와 절대적으로 다른 것처럼 보인다. 그것은 그리스 음악의 특성, 그리고 그리스 시대의 음악과 문학의 관계가 우리 시대의 것과 다른 것과 마찬가지다. 어떤 조건 아래에서 그리스 운율은 지역적인 영역에서도 객관성을 유지하지만, 개성적인 것은 우리에게 어떤 권위도 가질 수 없다. 하물며 그리스 음악가들의 이론이(물론 그것이 연주에 대한 올바른 설명이나 리듬 자체의 연구에 있어서 필수 불가결한 보조 수단일지라도) 우리의 규범이 되는 일은 없을 것이다.

여전히 환상에 불과한 모종의 망령이 사라지지 않았다. 지나치게 격식을 차린 문구로 만든 목각품의 도움으로 불멸의 인물이 되기를 희망하는 사람들은 이런 망령을 실제의 **고전성**으로 추앙했다. 그러나 작위, 과도한 장식, 냉정한 화려함, 극도의 꼼꼼함은 전혀 고전적이지 않다. 현학적인 알렉산드리아인이 지나치게 부지런하게 만든 작품은 이미 타락과 모방의 시대의 것이다.

그에 반해 최고의 시대에 가장 탁월한 산물들은 세심함과 예리한 판단을 통해 수행되었다. 그리고 신중하면서도 매우 열정적인, 거의 도취된 듯한 감흥 속에서 초안이 마련되었다. 가장 위대한 극작가들이 쓴 많은 작품들은 꼼꼼하게 기교를 부린 것이 아니라, 자유롭게 창작되었다는 것을 입증한다. 또한 작품에 들인 시간과 노동의 크기가 작품의 가치를 판단하는 척도가 아니라는 것을 입증한다.

객관적이고 아름다운 것에 근접한 정도에 따라 근대 시인들을 평가하자면 몇몇 소수의 예외자만 인정할 수 있을 뿐이다. 그러나 전체적으로 **흥미로운 것**이 미적 가치를 결정하는 근대의 실제 척도다. 이런 관점을 그리스 포에지로 확장하는 것이 그리스 포에지를 **근대화하는 것**이다. 호메로스를 그저 흥미롭다고 생각하는 사람은 그를 모독하는 것이다. 호메로스의 세계는 쉽게 파악되면서도 완벽한 하나의 생동감 넘치는 묘사다. 영웅시대의 원시적인 마법은 잘못된 문화화Mißbildung의 혼란을 알게 된, 그렇지만 자연에 대한 감각을 완전히 잃지 않은 감정 속에서 끝없이 강화되었다. 불만스러운 우리 세기의 한 시민은 그리스인의 매력적인 소박함과 자유, 친밀감 속에서 자신이 결핍하고 있는 모든 것을 찾을 수 있다고 생각하기 쉽다. 이 존경하는 시인의 베르테르식 견해는 아름다운 것의 순수한 향유도, 예술에 대한 순수한 가치 인정도 아니다. 예술작품과 그것의 개별적인 세계의 **대조**를 즐기는 사람은 자신의 기분이 익살스럽든 매우 진지하든 상관없이, 사유 속에서 그것을 **희화화**한다. 오직 완전하고 완벽하며 아름다운 직관이 요구하는 권위가 한 부분의 편파적이고 단순히 흥미로운 평가로 전치되어서는 안 될 것이다.

이런저런 작가, 개별적으로 선호되는 작가, 또는 지역적인 형식이나 개인적인 기관은 모방하지 말아야 한다. 한 개체는 "그 자체로" 보편적인 표준이 결코 될 수 없기 때문이다. 전체적으로 산재해 있는 충만한 도덕과 규제 없는 합법칙성, 진보적인 인간성, 아름다운 비율, 섬세한 균형, 뛰어난 적합성. 황금시대의 완전한 양식, 그리스 문학 양식의 진정과 순수함, 재현의 객관성. 진정으로 아름다운 예술을 추구하는 근대 시인은 한마디로 총체성의 정신, 즉 순수한 그리스 정신을 체화해야만 한다.

그리스 포에지를 전혀 이해하지 못하면, 그리스 포에지를 올바르게 모방할 수 없다. 그리스 포에지를 전체적으로 연구할 때에야 비로소 그것을 철학적으로 설명하고 미학적으로 평가할 줄 알게 된다. 왜냐하면 그리스 포에지는 내적으로 결합되어 있는 하나의 덩어리이기 때문에 가장 작은 부분이라도 전체적인 맥락에서 떼어내면, 제대로 파악하거나 판단할 수 없기 때문이다. 사실 하나의 온전한 그리스 교양은 한덩어리로만 인식되고 평가될 수 있는 그 자체로 총체적인 것ein solches Ganzes이다. 그리스 문학사를 연구하는 사람은 예술전문가의 독창적인 재능 외에도 객관적인 역사철학과 객관적인 예술철학에 대한 과학적인 원칙과 개념들을 갖추고 있어야만 한다. 그래야만 그리스 포에지의 원리와 구성을 탐구하고 발견할 수 있다. 본래 모든 것이 이것에 달려 있다.

우리가 몇몇 위대한 고대 작가들을 토속적이라고 여기는 것은 사실이다. 대중들은 좀더 쉽게 파악할 수 있고 적어도 어느 정도는 이해될 수 있는 작가들 중에서 분명 가장 행복한 선택을 했을 것이다. 나머지 작가들은 형식과 구성에 있어서 이질적인 개성을 가지고 있기 때문에 근대의 주관성의 영역에서 어떤 유사성도 찾을 수가 없었다. 이런 작가들의 작품은 그리스 포에지 전체를 지배하는 원리나 구성에 대한 지식 없이는 전혀 이해할 수가 없다. 비록 개선되었다 하더라도, 그들의 이상의 높이가 지배적인 취미가 지닌 편협함을 훨씬 능가했기 때문에, 그들의 작품은 대중적이 될 수 없었다. 아마도 아름다움의 향유를 통하여 오직 자기 자신만을 도야하려는 모든 애호가에게 그리스 예술에 대한 완전한 이해는 분명 가능하지 않거나 타당하지 않을 것이다. 그러나 진정으로 아름다운 예술을 알고 훈련할 뿐만 아니라 확산시키려는 작가와 전문가와 사상가에게는 어떤 어려움도 두려워하지 말아야 한다고 요구해도 된다. 그 어려움이 바로 그의 목적을 이루는 필수 불가결한 수단이다. 핀다로스와 아이스킬로스, 소포클레스, 아리스토파네스의 작품은 거의 연구가 되지 않았고 더군다나 이해는 말할 것도 없다. 다시 말해 이것은 사람들이 그리스 포에지의 가장 완전한 문학 양식이나 문학적 이상이 실현된 시대, 그리스 취미의 황금시대를 거의 전혀 모른다는 뜻이다.

더구나 대중적으로 사랑받는 작가들에 대한 수많은 견해가 있지만, 실질적인 전후 맥락과 전체 속에서 그들의 자리가 어디

인가에 대한 특정한 지식이 없다면, 어딘가 왜곡된 견해가 있을 수밖에 없다. 호메로스의 서사시는 모든 그리스 예술의 원천이고, 한마디로 그리스 문화의 토대이며 가장 감각적이었던 예술 시대에 가장 완전하고 가장 아름답게 피었던 꽃이다. 그리스 포에지가 예술과 취미에 있어서 보다 높은 단계에 도달했다는 점만은 잊어서는 안 된다. 대체될 수 없는 것에 대한 보충물이 있다면, 우리에겐 호라티우스가 될 것이다. 그는 민족의 이름으로 도덕적인 총체성의 공적인 상황을 재현했던 것이 아니라, 개개인의 아름다운 감정을 노래하는 부류들 중에서 가장 위대한 그리스 서정시인의 상실을 슬퍼하는 우리를 위로해줄 수 있는 인물이다. 그와 동시에 호라티우스는 오늘날까지 전해진 진정한 로마 정신을 구현한 얼마 안 되는 예술의 절정기 중에서도 가장 소중한 작품을 보유하고 있다. "교양을 지닌 인간이라면 누구나 좋아하는" 이 작가는 일찍이 휴머니즘과 자유로운 신념을 가르친 위대한 교사였다. 그의 애국적인 송가들은 고결한 로마인의 감각을 보여주는 신성한 기념비다. 또한 브루투스조차도 그의 시민적 도덕을 존경했다는 사실을 상기시킨다. 그의 아름다운 서정적인 도덕성은 타고난 것이거나 내면에서부터 자발적으로 체화된 것이다. 그러나 그의 노래 대부분은 그리스적인 원형과 로마적인 영감 사이에서 동요하는 가운데 가벼운 통일성이 부족하다. 또한 그의 성애적인 시詩들을 조금이라도 강조해서는 안 되었다. 사실 그런 작품들 속에서도 이 매혹적인 철학자이자 훌륭한 예술가의 개인적인 흔적들이 발견된다. 하지만 전체적으로 그런 작품은 늘 경직되었으며, 로마식으로 말하면 좀 무감각하다. 운율의 선택에서도 역시 곳곳에서 음악적인 취미의 타락을 드러낸다. 나는 심지어 **베르길리우스**에 대한 과도한 찬양이 정당하다고 증명할 수는 없지만 그것을 이해할 수는 있다. 아름다움의 지지자들에게 베르길리우스의 가치는 보잘것없을지도 모른다. 그러나 예술전문가 및 예술가의 연구에 있어서 그는 매우 주목할 만한 존재다. 이 박식한 예술가는 특유의 심미안으로 그리스 작가들의 풍성한 창고에서 개성적인 작품이나 특징들을 골라냈고 그것들을 다시 통찰력 있게 짜맞추어 부지런히 갈고닦고 치장했다. 작품 전체는 살아 있는 구성과 아름다운 조화가 없는 미완성품이다. 그럼에도 베르길리우스는 학구적이고 인위적인 고대 문학 시기에 최고 정점에 도달한 시인으로 간주될 수 있다. 사실 그에게는 알렉산드리아의 궁극의 세련미와 섬세함이 없다. 그렇지만 로마적인 신선한 활력이라는 작가로서의 재능으로 인해, 고유한 양식적인 측면에서 그 시절에 활기 없던 그리스인들을 훨씬 능가했다. 이런 불완전한 양식의 전후 사정 속에서 그는 완전하지는 않지만, 가장 탁월한 예술가였다.

사람들이 가졌던 가장 유감스러운(그리고 지금까지 남아 있는 많은 흔적들을 통해 널리 확산되었다는 것을 알 수 있는) 발상은 바로 **그리스 비평과 예술 이론**에 권위를 부여하는 것이었다. 하지만 이런 권위는 이론적인 학문의 영역에서는 절대로 수용할 수 없는 것이다. 여기에서 사람들은 **미학 분야의 현자의 돌**을 발견했다고 믿었다. 아리스토텔레스의 개별 규칙들과 호라티우스의 격언은 근대성의 사악한 악령에 맞서는 강력한 부적으로 사용되었다. 그 연금술에 입문한 사람들이 남루하고 빈약한 영혼의 소유자들이어서 그런 미스터리의 진정성에 대해 약간의 불신이 생긴 것은 나중에 가서였다.

허드[14]가 했던 다음과 같은 그릇된 추론이 그런 발상의 출발점이었다. "고대인들은 구성의 대가들이다. 그렇기 때문에 고대인들의 작품에서 가장 중요한 것은 그러한 예술을 수행하기 위한 지침을 제시하는 것이다." 하지만 그것은 전혀 사실이 아니다! 이론이 요람에 있을 때 이미 그리스의 취미는 완전히 타락했다. 재능이 이론을 마련해줄 수 없다. 그리스 이론이 예술가의 목표와 이상을 결코 규정하지 못했던 이유는 예술가가 오로지 공적인 취미의 법칙만 따랐기 때문이다. 또 완성된 예술철학도 진정한 취미를 되살리는 데는 충분하지 못할 것이다. 그러나 그리스와 로마의 사상가들은(단편과 보고와 비유를 통해 판단해볼 때) 완성된 객관적 미학 체계를 갖기 위한 노력도, 그리고 시도나 기획도 전혀 해보지 않았다. 그래서 그런 미학 체계를 가져본 적이 전혀 없다. 미학의 경계나 방법을 규정해본 적도 없었다. 취미와 예술의 보편타당한 학문의 개념을 정의하지도 않았다. 심지어 그런 학문이 가능한가조차 추론해본 적이 없었다.

그리스의 비평적 단편들이 그리스 포에지의 규명하기 위한 중요한 기고문과 앞으로 이론의 체계화를 수행하고 완성하기 위한

14 Richard Hurd(1720~1808), 영국의 작가이자 우스터 교구 주교.

탁월한 자료라는 것은 부인할 수 없다. 디오니시오스[15]의 저서에서 볼 수 있는 상세한 분석은 대단히 귀중한 자료다. 또 아주 사소한 미적 판단조차도 매우 큰 가치를 가진다. 거기에 적용된 개념과 규칙은 **완벽한 직관**과 연관된 것으로, 순수과학으로 절대 대체할 수 없다. 판단은 천부적으로 타고난 올바른 감정의 확실한 지도와 영향을 받았다. 또 아름다운 재현을 수용하고 평가하는 능력은 타의 추종을 불허할 정도로 완벽했다. 대개 미적인 학문의 이론적인 몫에서 차후의 비평가들이 가장 가치가 있다. 특히 적용과 어떤 특정 문제에 관한 한 그러하다. 예술의 실천적 사명이라는 부분에서는 이전 철학자들의 가장 보편적인 원칙과 개념들이 가장 가치 있다.

그리스인의 모든 교양의 원천도 **신화**였고, 모든 이론과 학문의 원천도 **신화**였다. 포에지는 민중의 가장 오래된 교사였고, 웅변술이 시작되기 이전에는 유일한 교사였다. 포에지는 진정한 의미에서 신들의 선물이며 계시이고, 작가는 신들의 성스러운 성직자이자 대변인이라는 신화적 사고방식은 그리스 모든 시대에 걸친 민족신앙이었다. **플라톤**의 가르침은 그러한 민족신앙과 연결되어 있었다. 아마도 음악적인 열정과 예술의 신성에 관한 **데모크리토스**[16]의 가르침 또한 그런 신앙을 따랐을 것이다. 보통 인기 있는(대중적인) 그리스 철학 강연은 전적으로 **신화적인 색채**

15 Dionysios, 그리스의 역사가이자 변론술 교수로 기원전 30년경의 문학비평과 이론의 지도자였다. 대표작으로는 『모방론』 『투키디데스론』이 있으며 역사가로서 『로마사』를 저술했다.

16 Democritos, 고대 그리스의 사상가.

를 띠었다. 우리 시대의 예술가들은 종종 학자나 사상가로 인정받으려고 애쓰는데, 그것은 아마도 예술가 고유의 가치를 대중들이 거의 인정하지 않기 때문일 것이다. 이와 마찬가지로 당시 그리스 철학자들은 자신이 음악가나 작가인 것처럼 행세했다. 예술의 규정에 대한 플라톤 학설은 예술의 실천철학에 대한 가장 탁월한 그리스 자료로서 우리에게도 전승되었다. 그러나 가장 초기 그리스 사상가들의 실천철학은 전적으로 **정치적**이었다. 그리고 이런 정치는 근본 원칙의 측면에서 절대 경험의 노예가 아니었고, 오히려 완전히 합리적이었다. 그러나 표현과 구성의 측면에서 그들의 정치는 주어진 것과 수중에 있는 것을 전적으로 따랐다. 본래 그리스 철학은 그리스 예술과 마찬가지로 교양의 **완전한 자립**의 단계에 도달하지 못했다. 특히 플라톤에게 개별적인 철학 논제들이 가지고 있는 전체적인 질서는 내적으로 규정되기보다는 오히려 외적으로 형성되고 생성되었다. 따라서 예술에 대한 플라톤의 학설만 이해하려고 하더라도, 보통 그리스 교양의 신화적 기원뿐만 아니라, 정치적이고 윤리적이며 철학적인 그리스 교양 전체를 포괄적으로 알아야만 한다! 방법이 다르긴 하지만 소피스트들에게도 공적으로 인정된 것이 아름다움과 예술을 포함한 모든 학설의 출발점이 되는 토대이자 지향점이기도 하다. **아리스토텔레스**의 이론적인 미학은 어린아이 단계이며 실천적인 미학은 이미 그 정점에서 완전히 쇠퇴했다. 『정치학』 제8권에 실린 예술의 정의에 대한 아리스토텔레스의 이론은 개방적인 사유 방식과 전혀 부끄럽지 않은 신념을 증명하고 있다. 그럼에도 그 관점은 이미 정치적이 아니라 윤리적이다. 그러나 그는 『수사학』이나 『시학』의 단편 속에서 예술을 다 물리적으로만 다룬다. 즉 아름다움에 대한 고찰은 전혀 없이 예술을 역사적이고 이론적인 방식으로만 다루었다. 때때로 미학적으로 판단하는 경우에 아리스토텔레스는 전체 구조의 정확함과 연결의 완전함과 세련됨에 대해서만 예리한 감각을 표현한다. 아리스토텔레스나 후기 수사학자들에게서 지금 우리 시대까지 전해지지 않은 작품에 대한 전혀 이해할 수 없는 개별적인 언급이나, 절대로 해독할 수 없는 특정한 관계들이 얼마나 많은가? 전체를 개인적인 관점에서 파악하는 경우도 허다하다. 퀸틸리아누스가 작가의 가치를 규정할 때 중요한 관점도, 작가들이 젊은 연설가들에게 우쭐거리며 능숙하게 쉼없이 떠드는 방법을 가르칠 수 있느냐에 있었다. 호라티우스가 비평적인 서간시를 쓴 개인적인 동기가 무엇인지, 어떤 상황에서 썼는지의 문제, 즉 호라티우스 서간시의 총체적인 상황은 우리에게 어느 때는 완전히, 또 어느 때는 대부분 알려지지 않고 있다. 개연성이 있거나 통찰력 있는 여러 가설에도 우리는 칠흑 같은 어둠 속에서 이곳저곳을 더듬는다.

모든 것을 아우르는 그리스인의 완전한 지식에 대해 말하자면, 거기에서는 모든 요소들이 서로 상호작용을 한다. 그리스 예술 이론 연구는 틀림없이 그리스 교양 전체 또는 특히 미적 교양 연구의 필수적인 부분이다. 그러나 전체 연구의 방법론적인 면에서 그리스 비평은 먼 훗날에 연구해도 될 것이다. 먼저 그리스 포에지 전체와 구성 및 원리를 알아야 그리스의 비평적인 저술들 가운데에서 아직도 대부분 이용되지 못하고 숨어 있는 진주들을 찾아내고 발굴할 수 있다.

●

나는 이른바 인류의 대변자라는 사람들의 독재적 월권 행위나 폭력적인 개혁과는 거리가 멀다. 그들은 인류의 의사록에 한 마디도 없는 많은 것을 기획하고, 인류의 총회에서 공식적인 민중 의지로는 승인하지 않을 많은 것들을 명령한다. 아름다움과 재현에 관한 보편타당한 학문, 그리고 그리스 원형을 올바르게 모방하는 것이 진정으로 아름다운 예술의 부활을 위한 필수 조건이라는 주장은 이미 너무 잘 알려진 사실인 만큼 새롭지도 않다. 나는 미적인 문화의 형성 과정을 추적하고, 지금까지의 예술사의 의미를 잘 파악하고, 앞으로 전개될 예술사의 위대한 전망을 발견하는 데 소박하나마 기여한 것에 만족한다. 나는 예술교육Kunstbildung의 영구적인 법칙이라는 커다란 틀 안에서 눈에 띄는 개별 현상들을 올바로 자리매김하려고 시도하면서 애매했던 몇몇 문제를 규명하고 모순을 해결하는 데 성공했다고 생각한다. 나는 이 글을 통해 다음과 같은 내용을 조언하고 주장했다. 즉 "미적인 교양을 둘러싼 고대와 근대의 갈등은 제거되었으며, 고대와 근대 예술사 전체가 놀라울 정도로 깊이 상호 연관되어 있으며, 완전한 합목적성을 충족시키고 있다".

이런 관점에 따르면 천재적인 근대 예술가의 별스럽긴 하지만 위대한 산물은 진정한 진보이며, 그 자리에 어울리는 매우 합목적적인 진보다. 그리고 겉으로는 이질적으로 보일지라도, 사실상 고대를 향한 진실한 접근이다. 근대 예술은 필연적으로 점진적으로 발전한다. 그 사실이 고대에 도달했던 탁월함의 수준에는 미치지 못한다는 약점에 대한 변명이 될 수는 없다. 하지만 진정으로 위대한 예술가라고 하더라도, 교양의 도정에서 몇 걸음 앞서 발전을 촉진하면서도 전체 단계를 뛰어넘을 수 없는 부족함이나 과도한 면이 있는 것에 해명이나 변명은 될 수 없다.

근대 포에지의 발전사 Bildungsgeschichte는 미적 능력에 있어서 주관적인 성향과 객관적인 경향의 지속적인 갈등과, 객관성의 점차적인 우세를 서술하고 있다. 주관적인 것과 객관적인 것의 관계가 본질적으로 변화하면서 새로운 **발전의 단계**가 시작된다. 발전의 커다란 두 시대는 따로 떨어져 있다가 차례로 등장한 것이 아니라, 고리로 연결된 것처럼 잘 물려 있었다. 그런데 근대 포에지는 이미 이 두 시대를 지나서, 이제 제3의 시대의 출발점에 서 있다. **첫번째 시기에는** 전체 미적인 교양 속에서 일방적인 민족적 특성이 가장 결정적인 우위를 차지했다. 그래서 고대를 지향하는 경향과 미적인 개념의 지도가 소수의 개별적인 흔적들을 통해서만 여기저기에서 움직이고 있었다. **두번째 시기에는** 고대에 대한 이론과 모방이 전체의 대부분을 지배했다. 하지만 객관적인 법칙을 전적으로 따르기에는 주관적인 본성이 여전히 너무 강력했다. 주관적인 본성은 다시 법칙이라는 미명 아래 힘을 행세할 만큼 대담했다. 모방과 이론, 그와 더불어 취미와 예술 자체도 일방적이고 민족적이었다. 뒤이어 나타난 온갖 개성적인 기교와, 온갖 주관적인 이론들의 무질서 상태, 각기 다른 고대 모방 그리고 결국엔 편파적인 민족성의 제거와 근절이 두번째에서 세번째 시기로 넘어가는 **과도기의 위기현상들**이다. **세번째 시기에서는** 적어도 개별적인 지점에서 객관적인 것이 실제로 달성되었다. 객관적인 이론, 객관적인 모방, 객관적인 예술, 그리고 객관적 취미다.

그러나 두번째 시기는 전체 중에 한 **부분**만 관계하며 셋째 시기의 출발점은 개별적인 지점만 관계한다. 그리고 전체의 중요한 부분은 지금까지 첫 단계에 머물러 있었다. 게다가 여전히 창작 양식의 전체적인 목적은 가장 흥미로운 민족적 삶을 충실하게 재현하는 것뿐이다. 유럽인의 민족적 특성들은 이미 세 번의 결정적인 위기를 통해(십자군의 시대, 종교개혁과 아메리카 대륙의 발견, 그리고 지금 우리 시대) 세 차례의 위대한 진보를 경험했던 것과 마찬가지로, **근대의 민족문학** 역시 세 번에 걸친 각기 다른 시대 속에서 꽃을 활짝 피웠다.

우리는 미적 교양이 처한 현재의 상황으로 인해 과거를 되돌아볼 것을 요구받았다. 이제 우리가 출발했던 바로 그 지점으로 돌아왔다. 근대 포에지의 두번째에서 세번째 시기로 넘어가는 과도기의 위기를 표현하는 징후들이 전반적으로 확산되었다. 그래서 **객관적 예술과 객관적 취미에 대한 명명백백한 단초들**이 이미 여기저기에서 꿈틀거리고 있다. 아마도 취미와 문학의 역사 전체에서 이처럼 온통 특징적인 것이 우세하고, 과거에서 이렇게 풍부한 결과가 도출된 순간은 없었다. 그리고 미래를 위해 알토란같은 싹을 품고 있던 순간은 없었다. 바야흐로 미적인 교양의 중요한 혁명을 위한 시간이 무르익었다. 지금은 다음과 같이 추측만 가능하지만 장차 명확하게 알게 될 것이다. 또다른 커다란 위기 가운데에서도 이 중요한 순간에 운명의 저울 위에서 진정으로 아름다운 예술의 운이 결정될 것이라는 사실을. 미에 대해 소홀하고 무관심하거나, 이미 성취한 것에 대한 우쭐해하는 것은 적절하지 않다. 그러나 근대의 미적 교양이 미래에 대해 약속한 것보다 노력에 대한 더 큰 보상을 기대해서는 결코 안 된다. 아마도 다음 세대는 우리 시대를 회고하며 경탄과 숭배의 마음을 갖지는 않을 것이다. 그렇지만 흡족한 마음으로 돌아볼 것이다.

미학 이론은 적어도 원하는 만큼의 결과물인 **객관적인 성과**가 그리 멀지 않은 지점에 이르렀다. 이론화의 본능은 **권위**를 기본원칙으로 삼는다. 이런 본능의 실용적인 예행연습(첫시기) 이후 기본적이고 **과학적인** 이론이 생겼다. 거의 같은 시기에 **합리적인 미학과 경험적 미학의 독단적 체계**가 형성되고 전개되었다(두번째 시기). 기교와 격식을 차린 다양한 이론들의 이율배반은 **미적인 회의주의**(둘째 시기에서 셋째 시기로 넘어가는 과도기의 위기)를 동반했다. 이런 이율배반은 **미적 판단력 비판**을 예비하고 이를 야기하는 동기가 되었다(세번째 시기의 출발점). 아직도 이 일은 종결되지 않았다. 비판철학의 결론에서 함께 출발한 미학자들 자신도 원칙에서나 방법에서 서로 일치하지 않는다. 비판철학 자체는 회의주의와의 끈질긴 싸움을 아직 완전하게 끝장내지 못했다. 어떤 위대한 사상가에 따르면, 일반적으로 실천적인 영역에서 아직도 해야 할 것들이 많이 남아 있다. 그러나 피히테에 의해 비판철학의 토대가 발견된 이래, 실천철학에 대한 칸트의 개관을 바로잡고 보완하고 완결할 확실한 원칙이 있다. 그래서 실천적이고 이론적인 미학의 객관적인 체계화 가능성에 대한 의심은 더이상 근거가 없다.

또한 대체로 **그리스 연구**에서, 그중에서도 특히 그리스 포에지 연구에서 우리 시대는 위대한 단계로 올라서는 경계선에 서 있다. 오랫동안 사람들은 그리스인을 로마인을 통해서만 알 수 있었다. 연구는 서로 고립적이었고 어떤 철학적인 원칙도 없이 이루어졌다(첫 시기). 그리고 뒤이어 자의적인 가설에 따라 여전히 고립적인 연구가 주도적으로 체계화되었다. 게다가 일방적인 원칙과 개별적인 관점에 따라서였다(두번째 시기). 그리스는 이미 **전체적인 맥락 속에서, 그리고 철학적인 가설 없이**, 오히려 어떤 원칙도 완전히 무시한 채 연구되고 있다(두번째에서 세번째 시기로 넘어가는 과도기의 위기). 가장 위대한 최종적인 한 걸음만 남아 있을 뿐이다. 그것은 바로 객관적인 원리에 따라 전체에 질서를 부여하는 것이다(세번째 시대). 온갖 개별적인 것들이 난무하는 혼돈과, 전체에 관한 각기 다른 견해가 벌이는 싸움은 필연적으로 전체의 보편타당한 질서를 탐구하고 발견하는 데로 나아갈 것이다. 사실 우리는 그리스를 결코 완벽하게 알 수 없다. 따라서 그리스에 대한 연구는 결코 고갈될 수 없다. 그렇지만 사상가, 역사연구자, 전문가와 예술사를 위험스러운 근본 오류로부터, 완전히 잘못된 방향으로부터, 그리고 잘못된 모방의 시도로부터 보호하는 하나의 **고정된 지점** 정도는 얻을 수 있을 것이다.

사람들은 다음과 같이 말할 수도 있다. "그런데 당신 자신은 미적인 힘과 도덕성을 미학 혁명을 위한 필수적인 계명으로 제시하지 않았던가? 앞으로 가야 할 교양의 길에 관해 어떻게 미리 규정할 수 있을까? 이런 선행 조건들 자체가 가장 드문 상황들이 운좋게 맞아떨어지는 것에, 즉 **근사치**에 의존하는데? 누가 천재를 생산하고 예술가를 배출하는 자연의 비결을 습득할 수 있었을까? 온갖 재능 중에서 가장 보기 드문 재능인 미적인 천재성은 변질될 위험을 무릅쓰고 교양을 통해 조금 더 완성시킬 수 있을 뿐이지, 결코 **만들어낼** 수 없다! 대부분 개인의 도덕성이 미치는 범위와 힘에서도 **근원적이고** 넘어설 수 없는 한계가 있는 것처럼 보인다. 다만 소수의 자립적인 예외만이 도덕성을 완성하는 데 무제한적이다. 그런데 그들에게 나타나는 이런 자립성도 가장 유리한 상황들이 가장 희박한 가능성 속에서 합류한 것, 즉 **우연**의 덕분으로 보이는 것은 아닐까? 물론 순수한 사상가의 당당한 이성이 그것을 약속하지는 않는다. 그러나 공평한 예술사의 관점에서 본다면, 다음과 같은 결론을 내릴 수 있는 것처럼 보인다. 즉 자연은 전체적으로 가장 귀중한 재능에 인색하고 그것을 시기한다. 그래서 자연은 가끔, 말하자면 가장 아름다운 순간에만 기분 내키는 대로 진정한 예술가의 영혼 한 줌을 가장 총애하는 나라에 던져주어서, 이 어스름한 세상에서 빛이 완전히 사라지지 않도록 한다."

물론 교양의 앞으로의 전망을 절대로 규정할 수 없다. 많은 것을 그저 짐작할 수 있을 뿐이다. 이성과 역사의 영원한 법칙을 정당화하고 규명하려는 인간의 욕망이 이런 추측을 하도록 강요한다. 인간의 욕망은 마치 신들과 함께 앉아 상의라도 하듯이, 자연이 비밀리에 따르는 은밀한 의도와 원동력을 아는 것처럼 보인다. 과학과 역사는 인간의 욕망만큼 많이 알지는 못한다. 그렇지만 과학과 역사는 천재가 희귀한 것이 인간 본성의 책임이 아니라, 불완전한 인간 예술, 즉 정치적인 서투름 때문이라는 사실을 알고 있다. 그 자체의 미숙한 통찰력은 인간의 자유를 구속하고 교양의 유대를 방해한다. 그럼에도 억눌려 있던 불씨가 한번 되살아나게 되면, 그 불을 마치 기적과도 같이 바라보며 감탄하게 된다. 교양을 자유롭게 하라, 그리고 활력이 없는지 지켜보라! 그렇지 않으면, 잠자고 있던 장엄하고 풍부한 힘들이 순간적으로 내리는 최소한의 은총 속에서도 늘 공개되었겠는가?

모든 인간적 교양의 필수적인 조건은 힘, 합법칙성, 자유, 유대관계다. 미적인 힘의 합법칙성이 객관적인 토대와 방향을 통해서 확실하게 된 다음에야, 비로소 미적인 교양은 예술의 자유와 취미의 유대감을 통해 보통 지대한 영향을 미치고 공적인 것이 될 수 있다. 진정한 아름다움은 우선 정말 수많은 개별적인 지점에 확고하게 뿌리를 내린 다음에야 비로소 대지 전체에 광범위하게 확산될 수 있으며 근대 포에지는 바로 다음의 임박한 발전 단계, 즉 객관성이 전체를 빈틈없이 지배하는 단계에 도달할 수 있다.

그러나 미적 발전의 몇몇 조건에 관해서 다른 조건들이 완료될 때까지 기다려선 안 된다. 네 조건이 모두 서로 **철저하게 상호작용**하고 있다. 따라서 **미적인 소통**을 방해할 수 있는 것을 모조리 제거하는 것이 지금도 너무 이르다고는 할 수 없다. 특히 독일의 작가나 전문가들 사이에서 독일인의 타고난 소통 능력 부재를 근본 원리로 승인하는 편협한 사고방식이 지배적이다. 독일민족의 숭고한 냉정함과 고루한 인물들의 시기 어린 적대감은 존경할 만하지만 허영심 있는 사람들의 기분을 불쾌하게 만든다. 이런 기분은 가혹한 고통으로까지 이어질 수 있다. 그들은 토라져서, 무시당한 허세를 비웃음과 거만함으로 가린 채 재능을 꽁꽁 숨기거나 시큰둥한 표정으로 대중 속으로 발을 옮긴다. 그들의 마음은 제한된 현재를 뛰어넘을 수 없다. 그래서 그들은 진정한 아름다움을 모름지기 **신비한 것**으로, 미적인 교양의 공공성을 전혀 불가능한 것으로 간주한다. 자연 그대로의 거친 성격은 **사회성**을 통해서만 순화되고 완화되며 호감을 느끼고 명랑해진다. 내면의 불꽃이 조심스레 밝혀지면서 외관이 교정되고 결정되며 원숙해지고 세련되어진다. 그에 반해서 지나친 고독은 기이한 우울감의 모체다. 이런 이유로 탁월한 여러 독일 작가에게서 무뚝뚝한 엄격함, 퉁명스러운 말투, 음울한 색채가 나타난다. 결국 이 과정은 자연의 소박함과 중요한 본질, 그리고 진정한 아름다움으로부터 아주 거리가 멀어질 수도 있다. 그래서 그 미적인 신비로움이, 다른 사람이 비밀을 알 것이라고 누구나 믿는 **비밀 없는 결사단**이 아닐까라는 의심을 제기해도 될 것이다.

프랑스인들은 지식, 도덕, 취미의 소통에 있어서 이미 오래전에 우리를 훨씬 능가했다. 프랑스인들은 바로 그런 소통 능력을 통해 유럽의 개화된 어떤 민족들보다 공적인 그리스 포에지의 높은 단계에 도달할 수 있다. 사람들은 이런 뜻밖의 현상을 아마도 새로운 정치 형식에서 설명하려고 할 것이다. 새로운 정치 형식은 오랫동안 조용히 침잠해 있던 힘이 성숙한 꽃을 피우게 하는 행복한 자극이나 다름없기 때문이다. 정확하게 규정된 민족적인 특성 속에서도 이상적인 작품 완성의 스케치가 될 수 있는 몇 개의 개별적인 아름다운 특징이 존재하는 곳이라면, 음악적인 재능과 문학적인 재능이 전적으로 부족한 곳이 아니라면, 미적인 교양이 약간이라도 있는 곳이라면, 공적인 도덕, 공적인 의지, 공적인 성향, 그리고 민족의 영혼과 목소리가 존재하는 순간 저절로 더 높은 수준의 서정시가 탄생한다. 도리아인의 경우처럼 협소한 범위가 강렬한 힘과 높이를 통해 대체된다면, 가장 결정적이고 가장 제한적인 일방성이 서정적인 아름다움을 창조하는 데 불리하지만은 않다.

그에 반해서 아름다운 희곡은 교양의 절대적인 범위, 민족 장벽으로부터의 완전한 자유, 즉 프랑스인들과는 매우 거리가 먼 특성을 요구한다. 프랑스인들이 이런 특성에 도달하려면, 자칫 수백 년이 걸릴 수 있다. 왜냐하면 새로운 정치 형태는 민족적 특성의 일면성에 더욱 강력하게 집중될 것이고, 그것을 더욱 단적으로 고립시킬 것이기 때문이다. 그런 까닭에 이른바 프랑스 비극은 부조리함의 고전적인 모범이 되었다. 프랑스 비극은 활력, 매력, 소재가 없는 공허한 형식일 뿐만 아니라, 그 형식조차도 내적인 생명의 원리나 자연적인 구성이 결여된 모순적이고 야만적인 메커니즘일 뿐이다. 프랑스 민족의 특성은 주관적인 재현의 적절한 수준에 만족할 수 있는 소설과 희극에서 흥미롭고 매혹적인 것으로 나타날 수 있다. 그에 반해서 라신과 볼테르의 비극에서는 실패로 돌아간 객관성의 월권으로 인해서 객관성의 불리한 측면이 견디기 힘들 정도까지 미화된다. 역겨운 것과 몰취미한 것의 끊임없는 교체 속에서 불쾌한 격렬함과 밋밋한 공허함이 서로 긴밀하게 융합된다. 하여튼 영국인이나 이탈리아인들처럼—지금으로서는 이상의 두 민족들의 문학을 돌아볼 필요는 거의 없다. 왜냐하면 그들은 독일인의 특성을 얼마간 선취해 보여주는 것 같기 때문이다—프랑스인에게는 객관적인 이론, 고대 포에지에 대한 참된 지식이 부재한다. 프랑스인이 그 길을 찾을 방법을 간파하려면, 독일 학교를 다녀야만 할 것이다. 프랑스인으로서는 매우 결정하기 어려운 문제다!

독일에서, 오직 독일에서만 미학과 그리스인에 대한 연구가 정점에 도달했다. 그 결과 문학예술과 취미의 총체적인 개선이 필연적으로 뒤따랐다. 철학적인 미학이 단계적으로 발전하는 과정에서 이룩한 가장 중요한 진보는 합리적인 시스템과 비판적인 시스템이다. 이 양자의 창시자는 모두 **독일인**들로, 합리적인 시스템은 **바움가르텐**,[17] **줄처**[18] 등이, 그리고 비판적 시스템은 **칸트**

17 Alexander Gottlieb Baumgarten(1714~1762), 독일의 철학자. 독일 미학의 창시자.
18 Johan Georg Sulzer(1720~1779), 독일의 미학자.

와 그의 후계자들이 기틀을 세우고 교육했다. 경험적이고 회의주의적인 미학 체계는 몇몇 영국 작가들의 중요한 발견이자 업적이라기보다는, 오히려 철학의 일반적인 도정에서 필연적으로 나타난 결과였다. 고전주의 비평의 초기 기법에서 우리나라의 **레싱**은 통찰력과 진정한 미적 감각이 영국의 선배들보다 훨씬 뛰어나다. 그리스 연구의 수준이 매우 획기적이고 비교할 수 없을 정도로 높아진 것은 **독일인들** 덕택이다. 아마도 이런 연구는 앞으로도 상당히 오랫동안 독일인들이 독점적으로 행할 것이다. 이 자리에서 많은 학자를 호명할 수도 있지만, 단 한 사람만 언급하자면 그는 바로 **헤르더**[19]다. 헤르더는 가장 포괄적인 지식을 가장 섬세한 마음 및 가장 탄력적인 감수성과 결합시켰다.

대담하고 독창적인 **클롭슈토크**가 독일문학의 창시자이며 아버지가 되었던 이후, 독일 예술가들의 시적 재능을 누가 의심할 수 있을까? 자유주의자 **빌란트**[20]가 시적 재능을 가꾸고 인간답게 만든 이후에는? 통찰력 있는 **레싱**[21]이 그것을 정제하고 강화한 이후에는? 그리고 실러가 더욱 강한 활력과 쾌활함을 부여한 이후에는, 그 누가 독일 예술가들의 시적 재능을 의심할 수 있을까? 독일 시예술은 이런 위대한 대가들에 힘입어 새로운 생명을 고취시켰고 신선한 활기를 얻어 더욱 강력하게 앞을 향해 나

19 Johann Gottfried von Herder(1744~1803), 독일의 철학자이자 문학자.

20 Christoph Martin Wieland(1733~1813), 계몽주의 시대에 활약하였던 독일의 소설가이자 시인.

21 Gotthold Ephraim Lessing(1729~1781), 독일의 극작가이자 비평가. 독일 고전 희극의 창시자이며 독일 계몽주의의 지도자이다.

아갔다. 얼마나 많은 작가들이 앞에서 언급한 선구자들을 행복하게, 그러면서도 개성적인 방법으로 뒤따랐던가? 그들 나름의 독자적인 길을 걸어갔던가? 그럼에도 시대정신과 공적인 교양의 도정에 그렇게 잘 합치하지 않았다는 이유로 별로 주목받지 못했던 그 길을? **뷔르거**[22]는 예술을 학자들의 비좁은 책장과 관례적으로 유행을 따르는 무리들로부터 떼어내서 자유롭고 생동적인 세상으로 인도하고 성스러운 거장들이 자아내는 신비로움의 비밀을 대중들에게 폭로하려고 했다. 이러한 뷔르거의 칭찬할 만한 시도 또한 더할 나위 없이 좋은 영향을 지속적으로 미쳤다.

괴테가 그리스인들에게 얼마나 근접했는지를 우리의 중요한 유일한 경쟁자인 프랑스인들이 짐작만이라도 할 수 있으려면, 얼마나 먼 길을 뒤쫓아와야 할까! 고대 포에지에 근접했다는 또다른 징표는 **실러**의 고차원적인 서정시에서 합창을 사용하는, 두드러진 경향이다(실러의 『그리스의 신들』과 『예술가』에서처럼). 천성적으로 그 어떤 제약도 싫어했던 예술가 실러는 고전적 고대와는 가장 거리가 먼 것처럼 보인다. 외적인 형태만큼이나 본질마저 서로 다를지라도, 실러의 서정시와 핀다로스의 문학 양식이 동일하다는 것은 틀림없다. 자연은 실러에게 예민한 감수성, 고귀한 신념, 풍부한 상상력, 기품 있는 언어, 권위 있는 운율을 선사했다. 말하자면 도덕적인 총체성을 진심으로 파악하고 민중들의 상황을 묘사하며, 인류를 표현하고자 하는 작가라면 마땅히

22 Gottfried August Bürger(1747~1794), 독일의 시인.

가져야 할 가슴과 목소리를 선사했다.

빌란트 문학의 매우 섬세한 구절들은 이질적인 외형에도 불구하고 객관적이면서 희극적이고 진정으로 그리스적이다. 놀랍게도 아티카의 우아함에 정통한 사람이나 진정한 희극 전문가라면, 빌란트 문학에서 종종 아리스토파네스를, 그리고 그보다 더 자주 메난드로스[23]를 다시 발견할 것이다.

좁은 시야로 인해 커다란 역사적인 견해를 가질 수 없는 사람은 세부적인 것을 지엽적으로 인지하고, 모든 것을 따로따로 단편적으로 본다. 그런 사람은 독일 시예술의 위대한 사명에 반대하며 쓸데없는 참견을 하려 들 것이다. 그러나 아직은 잠자고 있는 독일 취미와 독일 예술의 의사소통 능력이 적절한 충격으로 인해 순식간에 탄력적인 활기를 얻는다면, 독일어 글자만 읽을 수 있는 관찰자조차도 독일인의 교양 수준이 유럽의 가장 개화된 민족들을 훨씬 능가할 정도로 발전했다는 사실에 놀라움을 금치 못하면서도 그런 현실을 인정할 것이다. 하지만 보편적이고 강력한 교양의 확산이라는 측면에서는 그만큼 놀라울 정도로 많이 뒤쳐져 있는 것도 사실이다.

빙켈만이 언젠가 현재 그리스 시인들을 알고 있는 소수의 사람에 대해 말한 것이 있다. 이제 그런 사람들이 독일에 더욱 많아지진 않을까? 진정한 예술을 추구하는 사람들의 수가 앞으로 더욱 증가하지 않을까? 이런 희망을 가지고 나는 이 논문과 논

23 Menandros(기원전 342~292), 그리스 후기의 희극 작가.

집을 **모든 예술가들에게** 헌정하고자 한다. 그리스인들이 도덕적으로 충만한 내면을 운율로 구성하고 하모니로 체계화하는 사람을 **음악가**라고 불렀던 것처럼, 나는 아름다움을 사랑하는 모든 사람들을 "예술가"라고 부르려 한다.

낭만주의 문학 이론의 기원

박현용

이 책은 프리드리히 슐레겔이 1795년에 집필한 그리스 문학 연구서인 『Über das Studium der Griechischen Poesie』를 우리말로 옮긴 것이다. 이 작품은 그리스 문학에 대한 깊이 있는 분석뿐만 아니라 현대문학에 대한 날카로운 통찰을 담고 있다.

유럽인의 관점에서 고대 그리스는 인류 역사에서 일회적으로 실현된 이상적인 세계였다. 고대에는 인간이 자연의 한 부분이 되어 공동체를 이루고 자연에 순응해서 살았다. 하지만 근대에는 자연이 아닌 이성과 자유가 주도권을 갖게 되면서 그리스라는 이상향으로부터 멀어지게 되었다. 청년 슐레겔은 자신이 사는 시대가 이전과는 다르다는 것을 인식했다. 그는 근대인으로서 자의식을 획득하고 그리스 문학뿐만 아니라 당대 문학, 즉 현대문학을 '흥미 또는 재미das Interessante'라는 개념을 통해 분석하면서 새로운 시대에 맞는 새로운 문학의 가능성을 탐색한다. 그 새로운 문학이 바로 '진보적 보편문학progressive Universalpoesie'이라는 표현으로 집약되는 낭만주의라고 할 수 있다.

슐레겔은 이 작품을 집필할 때만 해도 그리스 문학을 '아름다움의 이상'으로 간주함으로써 고대에 대한 열광적인 지지를 표한다. 그렇다고 당대 문학의 혼란한 상황을 부정적으로만 바라보지 않고 근대에 열린 입장을 가지면서, 낭만주의의 이론적 기틀을 마련한다.

이 책은 고대 그리스 문학이 무엇을 지향했는지, 또 그리스 문학의 근본특성이 무엇인지를 규명한 학술 에세이의 형식을 띠고 있다. 슐레겔이 고전문학을 연구한 이유는 당대 문학의 상황이 전체적으로 합법칙적인 연관성과 통일성이 부재한 채 매우 혼란스러운 양상을 띠고 있기 때문이었다. 그렇지만 이 책은 제목에서부터 엿보이는 고대 그리스 문학에 대한 높은 관심에도 새로운 문학 현상에 대한 진단과 탐색에 많은 부분을 할애하고 있다. 이는 그가 '미적 혁명ästhetische Revolution'을 통해 문학의 부활과 새로운 세상을 꿈꾸었기 때문이다. 미적 혁명은 바로 낭만주의 운동을 의미한다. 따라서 이 책은 이후 전개될 슐레겔의 낭만주의 미학이 무엇인지를 가늠하게 해준다.

프리드리히 슐레겔의 낭만주의 이론은 모던 및 포스트모던, 예술의 자율성 및 미적 근대성을 중심으로 하는 논의에서 매우 중요한 부분을 차지한다. 그 근본적인 이유는 이른바 '근대'의 초입에 서 있던 슐레겔이 문학과 사회, 예술과 현실 간의 관계

설정 등 문학예술 논쟁의 가장 핵심적이며 기본적인 요소를 그의 예술론에 담아내고 있기 때문이다. 특히 그의 수많은 글 중에서도 특히 이십대 초반에 저술한 『그리스 시문학 연구에 관하여』는 현대 예술론의 다양한 이론적 단서를 제공하고 있다.

1. 시대적 배경

프랑스혁명은 봉건주의를 붕괴시키고 근대 시민사회의 형성을 가속화했다. 또한 서구인들의 직선적인 역사관에 "깊은 휴지기"를 가져온 그야말로 세기적인 사건이었다. 독일 낭만주의는 이러한 역사적 상황과 대결하면서 폭발적으로 일어난 일종의 정신적 혁명이다. 혁명과 그로 인한 역사의 연관성 의식의 폭파 경험은 "과거와는 다른 현재의 타자성"을 인식하는 계기를 마련했고, 근대인들에게 무한히 열린 미래를 선사했다. 과거와는 명백히 구분되는 하나의 '거대한 시대Makroepoche'로서의 근대는 특히 독일에서 사회·역사적인 단절뿐만 아니라 자유에 대한 의식과 새로운 것에 대한 공포, 불협화음의 경험과 조화에 대한 동경의 감정이 어우러져 심미적인 경향을 띠었다.

진정한 의미의 시민계급이 부재했던 독일에서 프랑스혁명은 이전보다 더 강한 이상주의를 낳는 동기가 된다. 독일 지식인들은 프랑스혁명에 예외 없이 열광적으로 환호했다. 독일인들이 이웃 나라에서 일어난 혁명에 얼마나 열광했는지는 헤겔의 다음과 같은 회고담에서도 잘 드러난다. "생각할 줄 아는 모든 사람들이 이 시대를 위해 축배를 들었다. 숭고한 감정이 그 시대를 지배했고, 마치 이 세상이 신들과 화해하듯 지식계급의 열광이 세계를 전율하게 했다." 그러나 독일 지식인들의 이러한 환호는 자코뱅당의 공포정치 이후 혐오로 뒤바뀐다. 희망과 좌절, 열광과 혐오, 폭력과 그것의 정당화라는 시대의 소용돌이 속에서 낭만주의자들이 선택한 탈출구는 "급작스럽게 새로운 질서를 만들어내고자 하는 혁명적 계기, 즉 새로운 심성"이었다. 그들은 루이 16세의 처형과 9월 대학살 이후 미적 영역과 정치적 영역 사이의 깊은 심연을 인식했다. 그리고 현실적인 영역에서 드러난 근대정치의 도덕적인 실패에 환멸을 느끼면서 미학적으로 급진적인 입장을 취한다.

슐레겔은 독일 낭만주의를 대표하는 이론가다. 그는 젊은 나이에 프랑스혁명을 목도한 뒤 자신이 살고 있는 바로 지금이 역사 발전의 전환점이라는 절박한 감정에 사로잡힌다. 『그리스 시문학 연구에 관하여』는 그러한 현실 인식의 산물이다.

2. 신구新舊논쟁

슐레겔은 『그리스 시문학 연구에 관하여』를 통해 과거판 '근대(현대)성 논쟁'이라고 할 수 있는 이른바 '신구논쟁La querre des anciens et des modernes'에 뒤늦게 참여한다. 하지만 프랑스와 영국을 중심으로 벌어졌던 신구논쟁이 고대와 근대라는 두 영역 중 어느 한 편의 일방적인 우위를 인정하는 쪽으로 결론을 냈다면, 슐레겔은 둘의 변증법적 해결을 시도한다. 이러한 해결 방안은 독일의 특수한 역사적 상황과 맞물려 많은 점을 시사한다.

신구논쟁은 17세기 말부터 18세기 초 자본주의 발달 과정과 더불어 시민의식을 보다 빨리 획득한 프랑스와 영국의 지식인들을 중심으로 일어났던 토론으로, '고대'와는 질적으로 다른 '근대'의 비판적인 자기 확신의 토대를 마련하기 위한 논쟁을 일컫는다. 17세기 말 프랑스 한림원에서 찰스 페로에 의해 촉발되어 20년 이상 계속된 이 논쟁은 이후 독일문학의 근대성 논쟁에도 중요한 영향을 미쳤다. 논쟁에 참여한 많은 비평가들은 당대까지 그들의 사고와 생활 전체를 지배했던 고전적 고대의 모범에서 벗어나 독자성과 자신감에 근거한 근대의 정당성을 마련하고자 애썼다. 이들은 근대인으로서 높은 자의식을 가지고 있었는데 그 근본에는 데카르트와 파스칼 및 베이컨의 철학이 자리하고 있었다. 또 코르네유와 라신, 셰익스피어의 천재적인 드라마는 이들이 고대와는 완전히 다른 시대에 살고 있다는 것을 결정적으로 인식하게 하는 데 큰 역할을 했다.

영국의 정치적 혁명의 시기이자 프랑스의 봉건 절대주의가 맹위를 떨치던 시기에 촉발된 이 논쟁의 출발점은 당시를 지배하던 고전주의적 전통에 대한 반론이었다. 다시 말하면 이 논의는 고대 그리스와 로마에서 이루어졌던 사회와 예술의 완전성을 전범으로 삼아 그들의 창작 원리를 근대인들에게 강요했던 이른바 아리스토텔레스적 규범시학에 대한 반론으로 시작되었다. 프랑스의 생테브르몽Saint-Evremond은 고대 규범의 상징이라고 할 수 있는 아리스토텔레스의 『시학』을 뛰어난 작품으로 인정하면서도, 모든 민족과 모든 시대를 뛰어넘는 보편타당한 규범이 될 만큼 완전하지는 않다는 결론을 내렸다. 영국의 존 드라이든 역시 근대 문학이 고전적 미의 이상에 대한 반발과 함께 회의적이고 상대주의적인 입장에 근거한 독자적인 정체성을 마련했음을 인식했다. 논의의 전개 과정에서 고대 문학의 모방은 독자적인 근대 문학의 가능성을 부정하는 것을 의미하며, 시대의 변화와 더불어 새로운 시대에는 새로운 인식이 필요하다는 논리가 설득력을 얻었다. 당시 논의에 참여했던 비평가들의 생각을 지배한 것은 고대의 작품도 근대의 작품과 마찬가지로 각기 다른 역사적 시대의 산물로 판단될 수 있을 뿐이라는 인식이었다. 이것은 미는 상대적인 기준에 따라 판단해야 한다는 것으로, 18세기 중반 어느 정도 일단락된 논쟁의 결론이기도 했다.

미적 예술의 영역에서 고대와 근대가 명백히 다르다는 인식은 프랑스와 영국의 신구논쟁의 큰 성과라고 할 수 있다. "우리는 고대인들이 바라보았던 것과는 다르게 자연을 바라본다"라는 생테브르몽의 시각에서 알 수 있듯 '근대파'의 입장은 앞선 모든 시대와는 구분되는 또다른 시대에 들어섰다는 역사적 자기 이해를 보여준다.

'고대성과 근대성'을 둘러싼 논쟁은 상대적인 미에 대한 인식을 환기시키는 중요한 전환점이 되면서, 동시에 고대와 근대의 연결을 끊는 계기로도 작용한다. 하지만 이 논의는 독일에서 다시 재현되면서 조금 다른 양상을 띠게 된다. 그 대표적인 예가 『그리스 시문학 연구에 관하여』에 나타난 슐레겔의 입장이라고 할 수 있다. 프랑스의 신구논쟁이 고대냐 근대냐 라는 이분법적 사고의 틀 내에서 전개되고 근대의 일방적인 우위를 인정하는 쪽으로 결론이 내려졌다면, 슐레겔은 고대와의 연결을 통해서만 근대 문학의 재탄생이 가능하다는 해석을 내놓는다. 1755년에 빙켈만은 유럽의 시학과 미학을 지배했던 프랑스 의고전주의는 정체기에 빠졌다고 선언하고 독일과 그리스 사이의 직접적인 교류를 주장했는데, 이것 역시 슐레겔의 입장과 같은 맥락에서 이해할 수 있다. 이런 점을 종합해볼 때 신구논쟁에 뒤늦게 참여한 독일 지식인들의 발언은 주변국의 영향에서 벗어나 독자적인 근대 미학을 구축하고자 하는 노력의 일환이었으며, 동시에 독일이 처한 현실과 이상 사이의 괴리 속에서 고대 그리스 예술에 대한 동경을 여실히 드러내고 있다고 할 수 있겠다.

3. 이상향으로서 고대 그리스

슐레겔은 이 에세이에서 인간의 의식이 내부 세계와 외부 세계 사이의 그 어떤 분열도 알지 못하는 '행복했던 경험'을 고대 그리스적인 세계 상황에 부여하고 있다. 그가 고대 그리스에 대해 느끼는 정서는 인간과 자연의 조화와 순응 및 공동체적 사회에 기반을 둔 인간과 세계 간의 일체감이다. 이러한 사회에서 인간의 정신은 주어져 있는 세계를 그대로 받아들이거나 그 세계에 수동적으로 순응하면 될 뿐, 이미 자신이 발 딛고 있는 세계 속에 내재하는 삶의 의미를 구태여 찾아 나설 필요가 없다. 슐레겔은 고대 그리스로 대변되는 '고대성'의 특징적인 이미지를 '탈시간성'에 두고 있다. 즉 역사의 끊임없는 진보와 발전을 중심으로 움직이는 근대성의 직선적인 역사관과는 반대로 고대는 자연법칙의 생성·성장·소멸의 순환적인 역사관을 토대로 한다.

슐레겔은 고대의 특징을 자연적 교양을 바탕으로 한 자연스러움으로 표현하고 있다. 고대 문학은 들풀처럼 "말 그대로 야생적으로 자랐다. (……) 학습을 통해 습득한 재주가 아니라 원초적인 본성"(85쪽)이라고 할 수 있다. 자연의 순환 구조를 따르는 고대의 자연적 교양은 발아해서 성장하고 결국 사멸의 길을 걷는다.

슐레겔은 그리스 문학을 생성·성장·소멸의 세 단계로 구분하는데, 호메로스는 그중 생성의 단계에 해당한다. 슐레겔은 주관과 객관의 동일성이 실재하던 세계가 호메로스의 서사시에 가장 직접적으로 드러나 있다고 평가한다. 또 소포클레스의 드라마에서 그리스 문학이 활짝 꽃피웠다고 보았다. 소포클레스의 드라마에서 엿볼 수 있는 그리스 문학의 전형은 바로 디오니소스적 요소와 아폴론적 요소, 감성과 이성, 주관적 자유와 객관적 필연성의 합일이다. 한마디로 소포클레스는 그리스 문학의 '객관성의 경향'을 잘 포착했다. 슐레겔은 근대와 대비되는 그리스 고전의 보편타당성을 '객관성'의 개념으로 설명하는데, 그에 따르면 그리스 문학은 자연, 혹은 자아를 둘러싼 세상과 완전한 합일을 이룸으로써 주어진 객관성을 확보할 수 있었다. 즉 "오직 그리스인에게만 예술은 욕구의 통제와 오성의 지배로부터 늘 똑같이 자유로웠다. 그리고 그리스 교양의 첫 시작에서부터 그리스 정신이 살아 있던 마지막 순간에 이르기까지 그리스인에게 아름다운 유희는 신성했다."(83쪽) 이런 이유로 슐레겔은 고대에 열광한다. 그러나 고대의 완전한 미는 고대의 교양을 주도하는 "효과적인 동기가 되긴 하지만 맹목적인 지도자"(38쪽)인 충동으로 인해 몰락의 과정을 겪는다. 소포클레스의 비극에서 최고 정점에 이르렀던 고대의 미는 고대라는 자연적인 순환 구조 속에서만 가능한 상대적인 극대치일 뿐, 절대적인 극대치는 아니었기 때문이다.

4. 카오스로서의 근대

18세기 말엽 새로운 시대의 문턱에 들어선 근대인들에게 고대 사회는 '돌아가고 싶은, 그러나 결코 되돌아갈 수 없는 고향'으로 심연 깊숙이 자리하게 된다. 인간과 자연, 자아와 세계의 자연스러운 조화와 합일이 영원히 불가능해진 고대 이후의 역사 속에서 슐레겔이 제기한 새로운 문학 프로그램은 개인적 교양 및 사회적 삶의 총체성을 부활시키는 것이었다. 이제 일체의 형이상학적 모범들이 사라진 세계에서 인간 스스로 이상적 현실로서의 미학적 이미지와 미학 또는 예술 속에서 만들어진 총체성을 적극적으로 찾아 나서야 했다. 말하자면 공동체와의 관계를 잃어버린 근대인은 자신의 영혼이 지향하는 형이상학적 총체성을 향해 혼자만의 외롭고 고독한 길을 끝없이 가야 하는 처지에 놓인 것이다. 이는 근대 사회의 분화 이후 '미학'이 성립하게 된 배경과도 깊은 관련이 있다.

고독한 인생의 항해를 계속하는 근대인은 18세기 이후 소설 속 주인공의 모습에서 잘 엿볼 수 있는데, 이들은 내면에서 끊임없이 자신을 추동하고 형성하는 힘, 다시 말해 '교양Bildung'의 과정을 통해 형이상학의 총체성에 접근해간다. 초기 낭만주의자들은 18세기 계몽주의에 의해 주도된 새로운 '교양운동Bildungsbewegung' 속에서 정신적으로 강한 지적 세례를 받고 성장한 세대였다. 이런 점에서 봤을 때, 전통적인 의미의 단순한 '교육'이라는 뜻을 지닌 독일어의 'Erziehung'이라는 말보다는, 신분 질서에서 떨어져나온 자유로운 '개인'이 스스로 자아를 찾아가는 과정을 뜻하는 'Bildung', 즉 '교양'이라는 단어가 이 시기 보편적인 의미를 획득하는 것도 근대미학과의 관련 속에서 이해할 수 있다. 슐레겔도 이 책에서 '교양'이라는 단어를 아주 빈번히, 그리고 매우 중요한 개념으로 다루고 있다. 그는 어떤 이해 관계에도 얽매이지 않는 자연적 문학, 즉 아폴론적인 것과 디오니소스적인 것이 잘 어우러진 고대를 관통하는 교양을 '자연적 교양die natürliche Bildung'으로, 고대의 완전성에 도달할 수는 없으나 끊임없이 목표를 향해 나아가는 근대를 주도하는 교양을

'인위적 교양die künstliche Bildung'으로 정의한다.

슐레겔은 당대 문학의 형상을 "해체된 미의 조각들이, 산산이 부서진 예술의 파편들이 혼탁하게 뒤섞인 채 가볍게 넘실"(29쪽)대는 바다에 비유한다. 이처럼 문학이 "아직 추구하는 목표에 도달하지" 못했거나, 아예 "추구하는 뚜렷한 목표가 없고" "전체의 합법칙적 연관성과 통일성이 부재하는 것"(20쪽)처럼 여겨지는 것은 오성에 기반을 둔 '인위적 교양'의 주도 때문이다. 근대의 인위적 교양이 인간의 본성을 주체의 자유로 설정함으로써 모든 자연적인 인과관계의 연관성이 해체되고 만다. 이러한 통찰은 근대에는 더는 영혼의 총체성이 존재할 수 없다는 것을 인지했음을 보여준다. 즉 '인위적'이라는 용어 자체에 이미 정신의 자연스러운 총체성에서 멀어진 근대의 상황과 그로 인해 이제는 우리 스스로가 미학 속에서 만들어진 총체성을 찾아 나서야 한다는 자발성의 의미를 담고 있다.

또 고대의 자연적 교양에서 근대의 인위적 교양으로의 전이는 사회·정치적 변화에 따른 예술 개념의 변화와도 밀접한 연관이 있다. 다시 말하면 위계적으로 구분된 신분 사회에서 예술이 한 사회의 오랜 전통과 형식을 유지하고 재생산해내는 '구체적이고 사회적으로 자연적이며 객관적인' 역할을 했다면, 근대 사회의 분화된 한 영역으로서의 미학 분야에서 예술은 '개인' 또는 '자유'라는 개념과 관계를 맺으며 더욱더 '추상적이고 철학적이며 주관적인', 그야말로 '인위적인' 성격을 띠는 과정과 맞물려 있다.

슐레겔은 근대 문학의 흐름을 크게 세 단계로 나누고 있다.

첫번째 흐름을 대표하는 인물은 단테이며, 두번째 단계는 셰익스피어와 세르반테스가 주도했다. 이후 유럽 문학은 200년 이상 침체기를 겪는데, 슐레겔은 괴테의 등장과 더불어 근대 문학이 새로운 단계로 진입하고 있다는 예감을 받는다. 그리고 자신을 비롯한 일련의 작가들을 이 새로운 단계의 출발 지점에 위치시킨다.

한편 그는 근대 문학의 가장 큰 특징을 '흥미로운 것', 즉 '재미'라고 보았는데, 이 개념은 근대화의 결과로 진행된 미적인 것의 분화 과정에서 '주관성의 분출' 및 '개인의 자유의지 표출'과 같은 맥락에 있다. 괴테의 소설 『빌헬름 마이스터』는 그러한 근대 개인의 감정과 의지를 잘 보여주는 작품이다. 그리고 거기에서 더 나아가 개인의 주관성은 끊임없이 흥미로운 것을 추구하기 마련이어서, 그 어떤 만족도 안정도 자리할 수 없다는 것이 슐레겔의 입장이다. 근대 문학은 객관적으로 완결된 고대의 아름다움과는 대조적으로 충족되지 않는 동경을 끊임없이 불러일으키며 영혼에 치명적인 상처를 남긴다. 이렇듯 쉼없이 재미를 추구하는 근대 문학의 형상은 그리스신화에 나오는 '다나이데스의 채워지지 않는 항아리'(28쪽)에 비유된다.

5. 미적 혁명

슐레겔은 이 책을 집필하고 2년 뒤인 1797년에 붙인 서문에서 자신이 고대의 객관성에 열광했다고 고백했다. 하지만 그는 고대를 맹목적으로 모방하거나 복원할 것을 주장하지 않았다. 그것은 개인적인 욕구와 사회의 합일이 불가능해진 시대에 그리스 문학을 글자 그대로 모방하는 것 역시 불가능하다는 것을 이미 인식했기 때문이었다. 이런 점을 염두에 둔다면 슐레겔이 여러 차례 언급한 '그리스 정신의 계승'은 단순히 '지나간 것(과거)'에 대한 동경 자체가 목적이 아니었음을 알 수 있다. 그것은 혼란스럽게 보이는 근대 문학의 미래를 보완하고 치유해줄 수 있는 일종의 '규준적인 이념die regulative Idee'으로서의 이상적인 고대의 타당성을 역설한 것이었다. 슐레겔이 역사가를 "과거를 향해 있는 예언가ein rückwärts Propheter"라고 칭한 것 역시 같은 맥락에서 이해할 수 있다.

프랑스의 신구논쟁이 고대와 근대의 차이를 인식하고 각 시대와 사회에 맞는 예술의 기능과 역사적 입장이 있다는 사실에 합의했다면, 슐레겔은 한발 앞서 본질적인 고대와 본질적인 근대의 합일을 주장한다. 그것을 통해 고대성과 근대성의 차이를 동적인 장으로 끌어들인다. 이때 고대는 인류의 '행복했던 시절', 혹은 '경험적인 과거'라는 역사적인 일회성으로만 묶어둘 수 없는 중요성을 지니게 된다. 고대의 연구나 규명 없이 근대, 다시 말해 우리의 현재는 해명될 수 없으며 미래의 새로운 문학도 인식의 지도 속에 그릴 수 없다. 이제 슐레겔을 통해서 고대 그리스 사회는 과거의 일회적인 경험적 역사로 머무는 것이 아니라, '내적으로 잘 짜인 완결구조ein innig verknüpftes Ganzes'를 지닌 일정한 역사 모델로서 현재 및 열린 미래와의 소통이 가능하게 되었다.

이상의 논의를 정리하자면, 슐레겔은 고대와 근대를 '아름다움'과 '흥미로움'이라는 개념으로 분명하게 대립시킨다. 칸트의 개념을 빌리자면 고대 예술은 사회의 온갖 '이해관계에 얽매이지 않고interesselos' 미적 자율성을 유지할 수 있었던 데 비해, 근대 예술은 사회의 자본주의화 과정에 부속되어 의미적·이데올로기적으로 이용된다. 그러나 슐레겔은 근대의 무질서 상태를 구제할 길 없는 타락의 상황이 아니라 오히려 '구제 가능한' 새로운 자아의 형성기로 파악한다. 슐레겔에게는 뭔가 불충분한 근대 문학의 상황 자체가 새로운 희망으로 다가오며, 이는 인간 내면의 혁명, 정신의 혁명이라고 할 수 있는 '미적 혁명'을 통해 제3의 길을 모색하는 계기로 작용한다.

6. 미적 영역과 정치

계몽 이후 인류의 삶을 역사의 합목적적 발전이라는 이름 아래 보편화시키고자 했던 역사철학적 욕구는 낭만주의 이후 가속화되어, 더욱 주관적이고 추상적인 형식을 띠게 된다. 슐레겔에게 고대 그리스는 근대인의 임의대로 인류가 지향해야 할 모범으로 제시되면서 현재, 바로 이 지점에서 재구성된다. 따라서 역사 연구는 두 방향에서 이루어진다. "과거로는 근대 포에지의 탄생과 첫 기원에 대해서, 그리고 미래로는 근대 포에지의 최종 목표에 대해서"(35쪽). 과거와 미래가 충돌하는 현재의 지점에서 과거와 미래의 정신적이며 주관적인 합일이 이루어지는 것이다. 그러나 이러한 인식은 '역사 외적인 요소들außergeschichtliche Konstanten'을 포기하고 역사를 '역사 그 자체'의 내면적 원리에 따라 설명하고자 함으로써 정작 역사 연구의 토대라고 할 수 있는 일상생활의 경험에서 점점 더 멀어지는 결과를 만든다.

낭만주의에 이르러서 역사의 의미는 역사 발전의 합법칙성이라는 도식적 구도 속에서가 아니라 역사 그 자체에서, 예컨대 혁명과 같은 외적 사건이 아니라 인간 내면의 유기적인 발전 원리에 따라서 도출될 수 있다. 정치·사회적 변화가 아닌 '사람 개개인의 변화die Veränderungen des Menschen'가 바로 역사의 대상이 되는 것이다. 이는 자유로운 개인의 자아 확인과 세상 규범의 행복한 합일이라는 시민사회의 교양 이상이 18세기 독일에서 갈수록 어긋나기 시작하면서, 사회적인 요소보다는 예술적 교양이라는 이상주의적 성격을 띠게 되는 것과도 상관관계가 있다.

역사에 대한 낭만주의의 인식은 프랑스혁명의 대응에서도 잘 엿볼 수 있다. 루이 16세의 처형과 더불어 혁명은 피비린내나는 학살극으로 얼룩진다. 이에 환멸을 느낀 독일의 젊은 지식인들은 초기의 혁명적 충동을 현실을 벗어나서 정신의 영역으로, 미학의 영역으로 흡수해버린다. "어쩌면 지금이 결정적인 순간일지도 모른다. 이제 취미는 절대 후퇴하지 못하고 필연적으로 앞을 향해 나아갈 수밖에 없거나, 반대로 끊임없이 쇠퇴의 과정을 거치며 아름다움과 진정한 예술이 재탄생할 수 있다는 희망을 완전히 포기할 수밖에 없는 그런 순간이 도래했을지도 모른다."(30쪽)

슐레겔의 낭만주의 사상에서 혁명은 인간 내면의 정신적·예술적인 운동의 형태로 나타난다. 위의 글에서 '결정적인 순간'이란, 사회·정치적인 혁명이 아닌 정신적 영역에서의 혁명을 뜻한다는 데 별 이론의 여지가 없을 것이다. 1798년에 발표한 『아테네움 단편』을 보면 예술작품 속에서 현재와 미래 사이의 구체적인 역사적 긴장이 해소되고, 이상과 현실의 끈을 이어주던 긴장의 성격이 완전히 의식적으로 변화된다. "작품이 완성되는 때는 모든 곳에서 외부와 선명하게 경계를 가지면서도 경계 내에서는 무궁무진한 가능성이 존재할 때다." 이제 역사 외적인 요소를 포기하고 역사 자체를 인류의 작품으로 이해한 슐레겔의 관심사는 완결된 작품의 객관성 여부를 떠나, 인위적으로 만들어진 예술적 자아의 창조적 행위로 옮겨간다. 이처럼 낭만주의에서는 과거-현재-미래라는 시간적 구조가 완전히 해체되고 융해된 열광과 사랑의 순간, 사회의 속물적 이데올로기로부터 벗어난 신비적 사고의 순간이라는 찰나의 심미적 경험이 예술 속에서 가능하다고 보았다.

예술의 자율성, 더 나아가 미적 영역의 상위성上位性을 주장한 낭만주의도 사회와 밀접한 관계 속에서 탄생했음은 부인할 수 없다. 하지만 삶의 실천적 문제로부터 미적인 것을 완전히 분리하고 그 안에서 정신의 혁명을 주장했던 슐레겔은 현실 정치의 영역에서는 보수반동을 대표하는 정치인 메테르니히에게 협력했다. 그것은 슐레겔의 개인적인(경제적인) 문제를 차치하고 본다면, 미적 영역과 정치적 영역 사이에 가로놓인 깊은 심연을 인식한 뒤 거기에서 더 나아가 미적 원칙을 삶의 다른 분야로까지 확장시킨 결과로 볼 수 있을 것이다. 어느 시대나 세계를 총체적으로 인식하고 예술과 현실 정치의 비판적인 거리를 유지하고 조정하는 것은 쉽지 않은 일처럼 보인다.

7. 『그리스 시문학 연구에 관하여』의 문학사적 의의

예술을 무한한 상상력의 산물이라는 관점에서 본다면, 낭만주의 미학은 예술의 본성과 떼어놓고 생각할 수 없다. 낭만주의는 그 무엇보다 인간 개개인의 자유로운 상상력과 감수성을 중시했기 때문이다. 독일 낭만주의에 대한 연구는 다양한 스펙트럼을 형성하고 있지만, 현재 특히 두드러진 경향이 있다면, 낭만주의를 역사적인 억압이나 무게로부터 벗어나게 함으로써 미학적인 측면을 제대로 평가하고자 하는 움직임이라고 할 수 있다. 프리드리히 슐레겔의 『그리스 시문학 연구에 관하여』는 독일 문학이 고전주의에서 낭만주의로 이행하는 과도기에 위치한다. 즉 낭만주의 이론의 맹아를 두루 품고 있는, 낭만주의의 출발을 알리는 중요한 저서라고 할 수 있다.

낭만주의의 탄생은 프랑스혁명이라는 역사적인 사건과 깊

은 관련이 있다. 기존 질서의 극적인 변화의 경험, 확고부동했던 전통의 붕괴는 당대인의 마음에 시대적인 단절감, 이전 시대에 대한 불연속성의 감정을 불러일으켰다. 근대 유럽의 역사 과정에서 시민계급의 발전이 뒤처졌던 독일 사회에서 이웃 나라인 프랑스의 시민혁명은 처음에는 부러움과 열광을, 다음으로는 환멸을 불러일으켰다. 예민한 감수성을 가진 젊은 예술가들은 혁명에 대한 기대와 현실 사이의 괴리감, 그리고 이전 시대와의 단절감을 그들의 작품과 학문에 적극적으로 수용한다. 그러한 시대정신의 산물이 실러의 『소박문학과 성찰문학에 대하여』(1795/1796)와 슐레겔의 『그리스 시문학 연구에 관하여』다. 슐레겔은 이 책의 본문을 이미 완성한 뒤에야 실러의 글을 읽고, 근대 문학에 대한 실러의 통찰력에 깊은 영향을 받는다. 그래서 출간을 앞두고 쓴 서문에서 고대 문학에 대한 열광을 자신의 최종적인 평가로 받아들이지 말 것을 부탁한다. 그가 이 책을 쓸 당시 근대 문학의 '흥미'의 개념은 고대 문학의 '객관성'처럼 긍정적인 의미를 부여받지 못했다. 그러나 '흥미'를 근대 문학을 포괄하는 새로운 개념으로 제시함으로써 예술과 비예술을 가르는 '아름다움/추함'이라는 이분법적 구분 방식에 문제를 제기한다. 이는 예술의 아름다움과 사회의 객관성이 행복하게 공존할 수 있었던 시대가 가고, 기능이 분화된 사회에서 주관성이 지배하는 예술이 도래했음을 암시하는 것으로 볼 수 있다. 무엇보다 슐레겔은 '추'의 개념을 근대 문학의 중심 문제로 제기한 최초의 이론가다. 오늘날 개인 내면의 과도한 표출, 즉 전통적인 시각에서는 '더이상 아름답지 않은' 놀랍고 충격적이며 자극적이고 때로는 역겨운 텍스트들이 예술로 간주되는 상황을 보면, 새로운 문학, 즉 근대 문학에 대한 슐레겔의 통찰력은 높이 평가할 만하다.

낭만주의는 18세기 계몽주의를 계승하는 동시에 변증법적 대립항을 이룬다. 또 새로운 시대를 맞는 인간의 설렘과 불안감 등 초기 근대의 사고와 감정을 대변한다. 지금의 시대를 시민계급의 탄생과 더불어 시작된 근대 사회의 연장선 속에 있다고 한다면, 이 책에 담긴 삶과 예술에 대한 슐레겔의 치열한 고민은 새로운 근대 또는 근대 이후를 논하는 우리에게 많은 것을 시사하고 있다.

이 책을 번역하며 영역본 『On the Study of Greek Poetry』(스튜어트 바넷 번역)를 참조했다. 해설과 많은 역주가 첨가된 영역본은 이 작품을 좀더 정확하게 이해하는 데 도움이 되긴 했지만, 더러 독일어 원문과 의미상의 차이가 엿보였다. 그것은 슐레겔이 그만큼 번역하기 어려운 이론가임을 말해준다. 그런 의미에서 이 번역본도 같은 문제를 갖고 있을지도 모른다. 처음 번역 의뢰를 받고 우여곡절 끝에 출간을 앞둔 현재까지 꽤 오랜 시간이 흘렀다. 이 책을 통해 어지럽고 혼란스러운 세상을 낭만화하고자 했던 슐레겔의 열망이 독자들에게 닿을 수 있기를 바라는 마음이 간절하다. 꼼꼼한 교정 작업으로 오역의 가능성을 조금이나마 피하게 해준 문학동네 편집부의 이경록님에게 깊은 감사를 드린다.

프리드리히 슐레겔 연보

1772년	3월 10일 하노버에서 개신교 목사 요한 아돌프 슐레겔과 요하나 크리스티아네 에르트무테 사이에서 출생.
1788년	아버지의 뜻에 따라 라이프치히의 슐렘 상사에서 견습.
1789년	견습 생활을 중단하고 고전어와 고전문헌학을 독학하며 형 아우구스트 빌헬름 슐레겔의 지도하에 대학 입학 준비.
1790년	(1790년 8월부터 1791년 부활절 시기까지) 괴팅겐대학에서 법학, 고전문헌학, 철학 공부.
1791년	(1791년 5월부터 1794년 1월까지) 라이프치히대학에서 학업 계속.

1792년 1월에 노발리스를 만나 우정을 나누고, 4월에 드레스덴에 있는 크리스티안 고트프리트 쾨르너의 집에서 실러와 처음 만남. 익명으로 평론을 잡지에 기고하기 시작.

1793년 형의 애인 카롤리네 뵈머가 마인츠 공화주의파와 관련하여 경찰의 추적을 받자 8월에 라이프치히 근교 작은 마을에서 그녀를 돌봐주면서 프랑스혁명에 고무됨.

1794년 경제적 이유로 학업을 중단하고 1월에 드레스덴으로 이주. 그리스 시문학과 문화사에 대한 연구 결과로 「그리스 시문학 학파에 관하여Von den Schulen der griechischen Poesie」 등을 발표.

1795년 「아름다움의 한계에 관하여über die Grenzen des Schönen」 「디오티마에 관하여über die Diotima」 발표. 8월에 「그리스 시문학 연구에 관하여über das Studium der griechischen Poesie」 원고를 출판사에 넘김.

1796년 카롤리네와 결혼한 형이 살고 있는 예나로 여름에 이주하여 괴테, 피히테, 빌란트, 니트함머와 친분을 쌓음. 실러가 발간한 『문학연감 1796Musenalmanach für das Jahr 1796』에 관한 도발적 서평으로 실러와 불편한 관계 시작. 요한 프리드리히 라이하르트가 창간한 잡지 『도이칠란트『Deutschland』에 「공화주의의 개념에 관한 시론 Versuch über den Begriff des Republikanismus」「야코비의 볼데마르Jacobi's Woldemar」 등을 발표.

1797년 7월에 베를린으로 이주. 헨리에테 헤르츠, 라헬 레빈의 문학 살롱에서 사교모임. 여기서 유부녀 도로테아 바이트를 처음 만나 연인 관계로 발전. 루트비히 티크와 프리드리히 슐라이어마허와 교제. 「그리스 시문학 연구에 관하여」가 실린 『그리스인과 로마인, 고전 고대에 관한 역사적·비판적 시론*Die Griechen und Römer, historische und kritische Versuche über das klassische Altertum*』 출간. 라이하르트가 새로 창간한 잡지 『순수예술학교*Lyceum der schönen Künste*』에 「게오르크 포르스터Georg Forster」「레싱에 관하여über Lessing」 및 「비판적 단편Kritische Fragmente」 발표.

1798년 형 아우구스트 빌헬름 슐레겔과 함께 초기 낭만주의 문학잡지 『아테네움*Athenäum*』 창간(1800년까지 발간). 형과 카롤리네, 노발리스, 피히테, 셸링과 함께 여름에 드레스덴에 잠시 체류. 『그리스인과 로마인의 시문학 역사*Geschichte der Poesie der Griechen und Römer*』 출간. 「아테네움 단편Athenäum Fragmente」「괴테의 마이스터에 관하여über Goethes Meister」 발표.

1799년 1월에 도로테아가 지몬 바이트와 이혼. 9월에 예나로 이주하면서 슐레겔 형제를 비롯하여 도로테아, 티크, 노발리스, 브렌타노, 셸링 등으로 이루어진 초기 낭만주의자들의 모임이 형성됨. 소설 『루친데*Lucinde*』(1권) 출간.

1800년 여름에 예나대학에서 박사학위 취득. 겨울 학기에 초월철학Transzendentalphilosophie에 관한 강의 시작. 「시문학에 관한 대화Gespräch über die Poesie」 발표.

1801년 3월 14일 교수 자격시험을 치름. 3월 25일 친구 노발리스 사망. 5월에 『성격 묘사와 비평*Charakteristiken und Kritiken*』(2권) 출간. 12월에 혼자 베를린으로 여행.

1802년 1월에 드레스덴에 잠시 체류. 비극 『알라르코스*Alarcos*』가 출간되어 5월 29일 바이마르에서 초연. 도로테아와 함께 라이프치히, 바이마르, 프랑크푸르트를 거쳐 7월에 파리 도착.

1803년 파리에서 잡지 『오이로파*Europa*』 창간(1805년까지 발간). 페르시아어와 산스크리트어 공부 시작. 11월부터 철학과 유럽문학사 강연. 「프랑스 여행Reise nach Frankreich」과 예술 관련 평론 발표.

1804년 4월 6일 도로테아와 결혼. 부아세레 형제와 함께 북부 프랑켄 지역과 벨기에를 거쳐 쾰른에

도착. 쾰른에서 문학과 철학 강연. 가을에 제네바 호반 도시 코페로 스탈 부인과 형 아우구스트 빌헬름 슐레겔 방문.

1805년 쾰른에서 보편사와 철학 입문 및 논리학 강연. 중세철학과 역사에 관한 연구.

1806년 노르망디의 아코스타 성으로 스탈 부인을 방문하여 초월철학에 관하여 개인 교습. 『문학수첩 1806*Poetisches Taschenbuch für das Jahr 1806*』 편집, 출간.

1807년 쾰른에서 독일 언어와 문학에 관하여 강연.

1808년 4월 18일 도로테아와 함께 가톨릭으로 개종. 바이마르와 드레스덴을 거쳐 6월에 오스트리아 빈 도착. 「인도인의 언어와 지혜에 관하여über die Sprache und Weisheit der Indier」 출간.

1809년 4월에 오스트리아 정부군 궁정위원회 비서관에 임명. 오스트리아 군사령부에서 정부의 입장을 대변하는 『오스트리아 신문*österreichische Zeitung*』 발간(6월부터 12월까지).

1810년 2월부터 5월까지 근대사 강연(1811년 강연집 『근대사에 관하여*über die neuere Geschichte*』 출간). 신문 『오스트리아 옵저버*österreichischer Beobachter*』 창간.

1812년 문화보수주의적 성격의 잡지 『도이체스 무제움*Deutsches Museum*』 창간(1813년까지 발간). 고대 및 근대 문학사 강연(1815년 강연집 『고대 및 근대문학의 역사에 관하여*über die Geschichte der alten und neuen Literatur*』 출간).

1813년 4월부터 메테르니히의 지시로 정치적 건의서 및 팸플릿 작성, 독일연방조약과 헌법 초안 작성에 관여.

1814년 나폴레옹 실각 후 메테르니히가 주도하는 빈회의에 오스트리아 사절단의 일원으로 참여.

1815년 교황으로부터 그리스도 훈장 수훈. 귀족 작위를 받음. 프랑크푸르트 연방의회에 파견되는 오스트리아 외교사절단 참사관으로 임명.

1816~1817년 프랑크푸르트 연방의회에서 언론 및 외교적 활동.

1818년 4월에 도로테아가 로마로 떠남. 9월에 프랑크푸르트에서 소환된 후 형 아우구스트 슐레겔과 함께 라인강 지역 여행. 뮌헨에 체류하면서 셸링과 야코비를 만남.

1819년 예술전문가의 자격으로 오스트리아 황제 프란츠 1세와 메테르니히를 2월부터 7월까지 로마까지 수행함.

1820년 가톨릭 성향의 잡지 『콩코르디아*Concordia*』 창간(1823년까지 발간). 『빈 연감*Wiener Jahrbücher*』에 「로마에 있는 독일 예술작품 전시에 관하여über die deutsche Kunstausstellung」 발표.

1821년 『전집*Sämmtliche Werke*』 간행 준비(1권 『시집*Gedichte*』은 1809년 출간).

1823년 『전집』 중 2권에서 9권까지 출간.

1825년 출판사의 재정파탄으로 『전집』 출간이 10권에서 중단.

1827년 아우크스부르크와 뮌헨으로 여행. 빈에서 생철학 강연(1828년 강연집 『생철학*Philosophie des Lebens*』 출간).

1828년 3월부터 5월까지 역사철학 강연(같은 해 10월 강연집 『역사철학*Philosophie der Geschichte*』 출간). 12월부터 드레스덴에서 철학 강연(슐레겔 사후 1830년 강연집 『철학 강의, 특히 언어와 말의 철학에 관하여*Philosophische Vorlesungen, insbesondere über Philosophie der Sprache und des Wortes*』 출간).

1829년 드레스덴에서 강연 준비를 하던 중 1월 11일에서 12일로 넘어가는 밤에 뇌졸중으로 쓰러져 사망.

지은이 프리드리히 슐레겔

독일 낭만주의 문학이론가. 1772년 하노버에서 개신교 목사의 아들로 태어났다. 낭만주의 문학운동의 기관지 『아테네움』을 창간했으며, 다양한 비평 활동을 통해 1800년 전후 독일의 정신적 문화혁명을 주도했다. 파리에 체류하면서 문화정치적 성향의 잡지 『오이로파』를 창간하며 강연 활동을 벌였다. 저서로 『그리스 시문학 연구에 관하여』 『시문학에 관한 대화』 『루친데』 『알라르코스』 등이 있다.

옮긴이 박현용

한양대학교 독어독문학과를 졸업하고 동 대학원에서 석사 및 박사학위를 받았으며, 독일 뮌스터대학교에서 수학했다. 독일 낭만주의를 주로 연구해왔으며, 현재 한양대학교, 서울여자대학교, 홍익대학교에서 독일어와 독일 문학 및 유럽문화 관련 강의를 하고 있다. 옮긴 책으로 『시대로부터의 탈출』 『벤야민, 세기의 가문: 발터 벤야민과 20세기 독일의 초상』 『책에 쓰지 않은 이야기: 빅토르 프랑클 회상록』 『시간 조정연구소』 등이 있다.

그리스 시문학 연구에 관하여

초판 인쇄 2023년 12월 8일
초판 발행 2023년 12월 28일

지은이 프리드리히 슐레겔
옮긴이 박현용

책임편집 이경록 | **편집** 이희연
디자인 이현정 | **저작권** 박지영 형소진 최은진 서연주 오서영
마케팅 정민호 서지화 한민아 이민경 안남영 왕지경 황승현 김혜원 김하연 김예진
브랜딩 함유지 함근아 고보미 박민재 김희숙 박다솔 조다현 정승민 배진성
제작 강신은 김동욱 이순호 | **제작처** 더블비

펴낸곳 (주)문학동네 | **펴낸이** 김소영
출판등록 1993년 10월 22일 제2003-000045호
주소 10881 경기도 파주시 회동길 210
전자우편 editor@munhak.com | **대표전화** 031)955-8888 | **팩스** 031)955-8855
문의전화 031)955-3576(마케팅) 031)955-3572(편집)
문학동네카페 http://cafe.naver.com/mhdn
인스타그램 @munhakdongne | **트위터** @munhakdongne
북클럽문학동네 http://bookclubmunhak.com
ISBN 978-89-546-9892-4 93850

잘못된 책은 구입하신 서점에서 교환해드립니다.
기타 교환 문의 031)955-2661, 3580

www.munhak.com